Felix und das liebe Geld

10岁开始
和钱做朋友

〔德〕尼古劳斯·皮珀◎著　　梁　媛◎译

U0669164

北京科学技术出版社
100层童书馆

著作权合同登记号　图字：01-2023-0460

图书在版编目（CIP）数据

　　10岁开始和钱做朋友 /（德）尼古劳斯·皮珀著；梁媛译 . —北京：北京科学技术出版社，2025.1
　　ISBN 978-7-5714-3597-4

　　Ⅰ . ① 1… 　Ⅱ . ①尼… ②梁… 　Ⅲ . ①儿童故事 – 德国 – 现代
Ⅳ . ① I516.85

　　中国国家版本馆 CIP 数据核字（2024）第 012010 号

策划编辑：	郭嘉惠
责任编辑：	付改兰
责任校对：	贾　荣
图文制作：	史维肖
责任印制：	吕　越
出 版 人：	曾庆宇
出版发行：	北京科学技术出版社
社　　址：	北京西直门南大街 16 号
邮政编码：	100035
电　　话：	0086-10-66135495（总编室）
	0086-10-66113227（发行部）
网　　址：	www.bkydw.cn
印　　刷：	北京顶佳世纪印刷有限公司
开　　本：	880 mm×1230 mm　1/32
字　　数：	216 千字
印　　张：	10.125
版　　次：	2025 年 1 月第 1 版
印　　次：	2025 年 1 月第 1 次印刷

ISBN 978-7-5714-3597-4

定　　价： 59.00 元

CONTENTS
目　录

01

菲利克斯的变富计划

钱要运转起来！
钱如果只是静静地躺在银行账户里，
就完全没有用武之地了。

1

5月4日，星期一早晨，菲利克斯·布鲁姆下定决心，要变得富有。

一声春雷将他从睡梦中惊醒。窗外，风呼啸着，闪电划破天空。房间骤然被照亮，紧接着雷声响起，菲利克斯吓得瑟瑟发抖。他走到窗前，拉开窗帘，看着外面阴沉的天空。借着路灯的光亮，他看到露台积满了雨水。雨水汇成一条小溪，急促地流过草坪，最终消失在山坡下的榉树林中。这时，教堂的钟敲了五下，菲利克斯又回到床上，听着窗外的雨声。

为了再次入睡，菲利克斯开始默念开往法兰克福的火车的发车时间——6∶28、6∶58、7∶28、7∶58、8∶34……这一招以往都非常管用，但今天念到 9∶34 后，他实在念不下去了。他又开始默念质数，就是那些比 1 大、只能被 1 和它本身整除的自然数。菲利克斯的数学老师雷曼先生说过，没有人知道质数到底有多少个，而且人们总能发现新质数。从那以后，菲利克斯做梦都希望自己发现一个新质数。他开始默念：2、3、5、7、11、13、17、19、23、29、31、37、41、43、47、49。到这里，他突然发现 49 还能被 7 整除，所以再次放弃了。

他脑子里一团乱麻，怎么也理不清思绪。昨天吃晚饭时，妈妈随口告诉菲利克斯，今年暑假的旅行计划取消了。原因很简单——家里没有钱。妈妈无奈地对他说："只能这样了，我们负担不起旅行。很多人暑假也都留在家里。"

妈妈又说，家里马上要买一辆新车，屋顶也该修了。尽管爸爸说也许明年可以补上今年的旅行，可这又有什么用！

"省钱、省钱，只知道省钱！"菲利克斯冲爸爸大喊。之后，他跑回自己的房间，把自己锁在里面。

其实，菲利克斯觉得爸爸妈妈还是很称职的，丝毫不比他认识的其他人的父母差。然而，他们却有一个共同的缺点——只知道拼命地省钱。尽管这样，钱还是不够用，他们总是为了钱而吵架。自从菲利克斯记事以来，情况就一直如此，爸爸妈妈几乎没有一天不因为家里缺钱而吵架。爸爸经常把"这个我们可买不起"挂在嘴边，然后妈妈就会反驳："如果你多想想办法去赚钱，我们就买得起了。"吵架时，爸爸妈妈总会大声指责对方，菲利克斯也会被牵连进去。有一次，菲利克斯不小心把裤子弄破一个洞，妈妈生气地训斥他："你以为咱们家有摇钱树吗？"每到这种时候，菲利克斯都觉得自己在这个世界上是多余的。

现在，菲利克斯不仅对今年暑假只能待在家里感到失望，还有一种被欺骗的感觉。按道理，爸爸妈妈不会在暑假开始前六周突然取消旅行计划，他们这么做，难道只是为了买一辆新车或者维修屋顶？心底有个声音告诉他，爸爸妈妈突然改变主意一定有别的原因。菲利克斯 10 岁了，他不喜欢父母什么事情都瞒着他，可他们总是背着他做决定。

菲利克斯心想，我必须自己赚钱，赚很多很多钱，多到再也听不到那句"这个我们可买不起"为止。

2

暴风雨渐渐停息，雷声变得若有若无，瓢泼大雨变成了淅淅沥沥的小雨。菲利克斯下定决心要自己赚钱。他感到内心充满了勇气，就像他当年第一次从三米跳台上跳进泳池时那样，尽管当时班里一半的同学都以为他会因为害怕而从楼梯上走下来，等着看他的笑话。

菲利克斯想变得富有。为什么一个 10 岁的男孩不能靠自己的能力变得富有呢？爸爸给菲利克斯讲过不少名人故事，有的人 18 岁就拥有了自己的**公司**，有的人 12 岁就开始为歌剧作曲。所以，他觉得现在是时候开始赚钱了。

菲利克斯下了床，来到衣橱边，从里面拿出他的秘密宝盒。其实，这只是一个起了毛边的旧鞋盒，四个角歪歪斜斜地缠着胶带。旧鞋盒里放着他的所有宝贝：一枚海星标本、一张火车头的照片、一把折叠小刀、一个指南针、一只哨子、一个装着他掉落的第一颗乳牙的纸袋、一本日记本和一些钱。每月初，他都能从爸爸那里领到 20 元①零花钱，没花完的都被存在宝盒里。

菲利克斯仔细把钱数了数，一共有 234 元 37 分——比他想的要多一些，当然作为本金还远远不够。他要怎么开始呢？

爸爸常说："鞋盒可不是存放零花钱的好地方，钱应该放在能够产生价值的地方。钱要运转起来！像你这么大的孩子，应该有一个属于你自己的**储蓄账户**，钱存在里面可以生**利息**，而且安全，不会被小偷偷走。"菲利克斯觉得爸爸的建议并不好。他觉得，人应该支配钱。钱如果只是静静地躺在银行账户里，就完全没有用武之地了。爸爸在理财方面就是一个负面典型。

尽管如此，爸爸说的那句"钱要运转起来！"还是深深地刻在了他的脑海里。

---

① 本书中的货币单位"元"均指欧元。——编者注

"我决定了！"菲利克斯大声说道，"我要变得富有，我要让所有人都大吃一惊！"

虽然菲利克斯现在毫无头绪，但下定决心就已经算迈出第一步了。如果缺钱是困扰他家人的问题，那么他就把这个问题解决掉。不过，他要先保密，否则会被爸爸妈妈嘲笑，他甚至可以预想到他们会怎么说。

窗外，天已经完全亮了，乌鸫愉快地唱起了歌，远处有人发动了汽车。菲利克斯对自己的决定很满意，很快便沉沉地睡了过去。

3

菲利克斯本以为，吃早饭时爸爸妈妈会再次提起假期旅行，或者批评他两句，说他昨晚不该生气地离开餐桌。然而，他们什么都没说，就好像什么都没有发生一样。他们坐在餐桌旁，静静地看着《大众报》。

"早上好，爸爸。早上好，妈妈。"菲利克斯向他们打招呼。

"早上好，菲利克斯。"

菲利克斯冲了一杯热可可，切了一块面包，默默地咀嚼着。过了一会儿，他装作漫不经心地说道："爸爸，我想开一个账户。"

"嗯。"

"吉尔德，你认真听儿子说话了吗？他现在就要学习理财，这可不像你。"

"我听见了。菲利克斯，放学后你直接来找我吧，我们一起去趟银行。"

说完这句话，爸爸又去看报纸了。对于菲利克斯的想法，他没有表现出丝毫惊讶，甚至对妻子的讽刺也置若罔闻。肯定有什么事情不对劲，菲利克斯更加确信。

照理说，菲利克斯的爸爸吉尔德·布鲁姆应该很擅长理财——这和他的职业有关。他是《大众报》**经济版块**的记者，负责撰写和银行、工厂、货币等有关的文章。遗憾的是，他的专业知识并没有使他们家变得富有。每次吵架时，妈妈总是抱怨："你什么时候能把你写的这些东西用到理财上？"

《大众报》报社位于土豆市场附近。土豆市场是这座小镇里最大的广场，这里曾经确实卖过土豆。广场上有两座电话亭，电话亭旁边是一栋停车楼。一些人认为这栋停车楼有碍市容，应当拆除；而另一些人反对这样做，因为他们在买菜时需要把车停在那里。所以，很多年过去了，停车楼还是骄傲地矗立在广场上。停车楼旁边有一条狭窄的小路，沿着小路爬上山，人们可以看到建于 15 世纪的大教堂——它古老而高大，屹立在一小片菩提树林后。紧挨着教堂的是菲利克斯就读的康德中学。下山的路很平缓，骑自行车的人甚至可以直接从山上骑到土豆市场。虽然爸爸妈妈不允许菲利克斯这样做，但他每次去找爸爸时都会这样直接骑车下山，这给他带来了很多欢乐。

4

《大众报》报社大楼是一座红砖建筑，已经有 100 多年的历史。布鲁姆先生的办公室在三楼。像往常一样，菲利克斯来编辑部找爸爸。他在三楼出了电梯，推开一扇磨砂玻璃门。一个巨大的写字台后面坐着一位女士，她红色的头发烫成了卷，还戴着两只巨大的耳环。她就是卡罗拉·马尔克斯，布鲁姆先生的秘书。

"你好，菲利克斯，很高兴我们又见面了。"马尔克斯女士满面笑容。她好像总是在笑，菲利克斯从来没见过她发脾气。

菲利克斯很喜欢马尔克斯女士，也很喜欢编辑部里散发出来的纸张、油墨、香水和地板蜡的气味。每次来这里，他都有一种到家了的感觉。

菲利克斯推开挂着"吉尔德·布鲁姆"的名牌的门，映入他眼帘的是和往常一样的场景：地板上堆满了爸爸读过的报纸；爸爸把脚搭在写字台上，肩膀和耳朵间夹着电话，膝盖上放着笔记本——他正往上面写着什么。爸爸把这称作收集信息——他和一些重要人物通电话，记下他们说的话，然后根据这些信息写文章。

"嗯……"爸爸嘟囔了一句，接着说道，"也就是说，您确定螃蟹溪里的死鱼和普尔普造纸厂没有关系？那么那些有害物质是从哪儿来的呢？难道是从我们的印刷厂？"

爸爸言语中充满了讽刺，菲利克斯一点儿都不喜欢他这样。

"是的，沙赫特博士，这些都是符合标准的。"爸爸翻了个白眼，抿了抿嘴唇，继续说，"您听好，《大众报》是不怕您施压的。只要查清事实，我就会发表这篇文章，不需要经过您的同意。再见，沙赫特博士。"爸爸挂断电话，深深叹了口气。

"菲利克斯，你吃午饭了吗？"他问道。

"吃过了。"菲利克斯撒了个谎，紧接着问道，"爸爸，螃蟹溪里的鱼怎么了？"

螃蟹溪发源于森林对面的高地，先流经老城区，再流经工业区，普尔普造纸厂就位于工业区。螃蟹溪的溪水流过造纸厂后就不再清澈，而泛着棕色，还散发出阵阵恶臭。鱼就生活在这样浑浊的水中。

"有人发现下游的水面漂着几十条死鱼。经过检测，水里的有害物质严重超标。毫无疑问，普尔普造纸厂就是罪魁祸首。"

"爸爸，您会写关于这件事的报道吗？"

"暂时不写。不过，只要搜集到确凿的证据，我就会立刻写。"说着，爸爸把最后一口奶酪面包塞到了嘴里。他走出办公室，含混不清地对马尔克斯女士说了一句"我半小时后回来"，便带着菲利克斯走进电梯，来到一楼。

5

紧挨着《大众报》报社的是季塞帕·吉姆皮里开的里亚托冰激凌店。夏天，菲利克斯把一半零花钱都贡献给了这家店，因为吉姆皮里太太做的坚果冰激凌实在太好吃了。吉姆皮里太太的女儿吉安娜今年 10 岁，是菲利克斯的同班同学。菲利克斯觉得吉安娜风趣又漂亮，很有魅力。

里亚托冰激凌店后面就是银行。菲利克斯和爸爸走进银行大厅。

"哎哟，您今天带着宝贝儿子过来啦？"一个男人在柜台后面大声和爸爸打招呼，他就是银行经理英格·费舍尔。

"菲利克斯，你又长高了！你可不能再长了，要不然天花板都要被你顶破了，那样一来，我们还得重修大厅，哈哈哈。你今天来办什么业务呢？"

菲利克斯不喜欢别人拿他的身高开玩笑，但是大人们好像乐此不疲。他想象不出他真的长到天花板那么高会怎样。

菲利克斯尽量装出满不在乎的样子，将一个棕色信封放到柜台上，信封里装着他攒下的 234 元。

"我想开一个账户。"菲利克斯说。

"这真是个明智的选择！"费舍尔先生夸奖道。

"我会得到多少利息？"

"这要视情况而定。活期存款的年利率是 1%，所以存入 234 元，你每年可以得到 2 元 3 角 4 分的利息。"

"怎么这么少?!"

"活期存款的利率一般比定期存款的低,利息自然就少。不过它有一个好处——你随时都可以取出**现金**。你还可以把这笔钱存两年期定期,两年期定期存款的年利率是 2%,那么一年的利息就是……"费舍尔先生按了几下计算器,继续说道,"4 元 6 角 8 分。两年后,你可以得到利息和**复利**,它们和本金加起来一共是 243 元 4 角 5 分。"

"什么? 两年后我只有 243 元? 那我还是无法变得富有!"菲利克斯大声说道。

哎呀! 不小心说漏嘴了,这个大计划可是要保密的。

菲利克斯的耳朵唰地一下红了。

不出所料,费舍尔先生哈哈大笑。爸爸也跟着大笑起来:"变得富有? 儿子,你不觉得现在考虑这件事太早了吗?"

菲利克斯气得差点儿哭出来。他生自己的气,生爸爸的气,还生这家讨厌的银行的气。他万万没想到,才过了半天,自己的大计划居然就要在大人的嘲笑声中泡汤了。

"别不好意思,"费舍尔先生安慰道,然后把存折递给菲利克斯,"小钱不爱惜,金币也无益。只有早存钱,才能发大财。我 7 岁就有了自己的第一个账户……"

"那么,您发财了吗?"

听到菲利克斯这么问，费舍尔先生的笑容僵住了。

"嗯，我对自己的财务状况还算满意吧。"费舍尔先生露出礼貌的微笑，借此掩饰自己的尴尬。爸爸连忙拽着菲利克斯走出了银行大厅。

6

菲利克斯还是很恼火。

"走吧，别闹别扭了。"爸爸说。

"您怎么能嘲笑我呢？我确实觉得利息太低了，钱要存那么长时间，利息却只有那么一丁点儿。"

"对不起，菲利克斯，我并没有恶意。积少成多，所有事情都是这样的。银行不可能白白做好事，它要把钱借给别人来赚取利息。"

"什么？银行要把我的钱借给别人？我还以为我随时都可以把钱取出来！"

"你确实随时可以把钱取出来。"

"钱都被借出去了，我还怎么取？"

"银行不会把所有的钱都借出去，它会保证你想取钱的时候可以取到钱。当然，你取到的不会是当初存进银行的那几张钞票。"

"我知道，我只是觉得利息应该多一些。对了，您不是总说钱要运转起来吗？银行都做些什么工作呢？"

"除了办理存款业务，银行还会发放**贷款**。"

"发放什么？"

"贷款。有些人钱不够用的时候，会向银行借钱，也就是向银行贷款，这样他们就可以买自己需要的东西了。"

"可您不是说，不该买自己买不起的东西吗？"

"原则上是这样的，但凡事总有例外。比如说，当初我和你妈妈买房子时，手里没有足够的钱，所以我们向银行贷款。现在，我们每个月还一部分贷款，并付给银行利息。这怎么都比租房子住、把钱付给房东好。"

"那你们为什么不等攒够了钱再买房子呢？"

"等我们攒够了买房子的钱，我们都老了，你也成年了。我们想早点儿住进自己的房子，早点儿给你好的生活。"说着，爸爸用手摸了摸菲利克斯的头。

菲利克斯害羞地看向四周，心想：爸爸这是怎么了？怎么在公共场合摸我的头？难道他还要在大庭广众之下亲我一口吗？

"我们一共要还多少贷款？"菲利克斯小心翼翼地问道。

"125000 元。你不要跟别人说这件事。"

"如果还不上贷款，会怎么样呢？"

菲利克斯看到爸爸的脸色变得有些难看。

"我都计划好了，一切会按照计划来的。"

"我不是这个意思。我只是想知道，如果有人从银行贷了款却还不上，会怎么样。"

"那费舍尔先生就得设法催缴。"

"如果没用呢？"

"如果所有贷款的人都还不了款，银行就会**破产**。幸好这样的事情还从未发生过。当然，即使发生了，其他银行也会接管这家银行，你不用太担心。"

菲利克斯还是很担心，但他担心的并不是银行破产。银行怎么样对他没什么影响。他担心的是，家里或许真的非常缺钱，暑假旅行计划真的要泡汤了。

爸爸转过身问菲利克斯："你真的想变得富有吗？"

菲利克斯郑重地点了点头。

爸爸却摇了摇头，走进了报社。

经济学小词典

公司： 以营利为目的的组织。德国有不同类型的公司，其中最常见的是股份有限公司（AG）。除此之外，还有普通合伙公司（OHG）、有限责任公司（GmbH）和有限合伙公司（KG）。

储蓄账户： 个人在银行开设的存款账户。有了储蓄账户，人们可以进行资金往来，比如支取工资、给他人转账等。如果需要现金，可以去银行柜台用存折或银行卡支取，也可以在自动柜员机随时支取。储蓄是最简单的投资方式，不过利息比较低。

利息： 储蓄可以看作银行向你借钱，银行需要向你支付一定的费用，这项费用就是利息。储蓄时间越长，利息就越高。不过，可以随时取款的活期存款，利息非常低。

为什么利息是必要且合理的？我们可以设想一下这样的情景。假如你给邻居修剪了草坪，邻居本应为此付给你 20 元作为报酬，可是他却说："非常感谢，但我一年之后才能把钱付给你，因为我现在还需要这些钱。"你会同意吗？当然不会。就算同意，你付出了等待的时间，也应当获得回报，这种回报就是利息。不过，当你的好朋友因为急需帮助而向你借钱时，情况就有所不同了，你可以不向朋友收取利息。

经济版块： 大部分报刊会根据内容分为不同版块，如政治版块、经济版块、文化版块和体育版块等。经济版块通常包含股市情况、货币政策、养老金、工资、经济增长、投资等方面的内容。

现金：可以当时交付的货币，有纸币和硬币两种形式。德国使用的货币是欧元。

复利：与单利相对，是计算利息的一种方法，指的是将本金和之前所产生的利息加在一起作为本金逐期滚动计算利息，俗称"利上加利"。

假设菲利克斯在储蓄账户中存入 100 元，年利率为 5%。他可以每年都把利息取出来，给自己买冰激凌；也可以把本金和利息继续存在账户里。接下来的 5 年里，他可能会遇到以下两种情况。

年		1	2	3	4	5	6
情况 1	本金	100	100	100	100	100	100
	利息	5	5	5	5	5	
情况 2	本金	100	105	110.25	115.76	121.55	127.62
	利息	5	5.25	5.51	5.79	6.07	

5 年后，第一种情况下，菲利克斯的本金依然是 100 元，加上之前取出的利息，一共 125 元；第二种情况下，菲利克斯得到的本息（本金＋利息）则是 127.62 元。由此看来，复利的收益高于单利。

贷款： 银行或其他信用机构把钱借给单位或个人并约定偿还本息的期限的一种信用活动。

根据有无抵押，贷款可分为抵押贷款和信用贷款。

抵押贷款需要贷款方提供物质保证。例如，一个人想买房子却没有足够的钱，他从银行贷款时，需要把要买的房子抵押给银行；如果他不能按期偿还贷款，那么房子就归银行所有。银行可以拍卖这套房子以收回部分资金。

信用贷款以借款人的信誉为依据发放，借款人不需要提供物质担保。信用贷款可用于日常消费。人们也可以选择分期还款，即不是一次性还完所有贷款，而是每个月按时还一部分。

破产： 如果一家公司没有足够的钱偿还债务，公司就会破产，公司的管理者需要去法院申请启动破产程序。法院受理后，会任命一名管理人来接管公司的财产并负责处理其他事务。公司进行整顿后，如果能够清偿债务，法院可终结破产程序。

02

两个男孩的秘密基地

所有权就是盗窃。
不遭遇盗窃，
一个人就意识不到他拥有多少财产。

I

以前，菲利克斯常常因为没有兄弟姐妹而感到难过。他总觉得，如果有兄弟姐妹，他的生活会变得快乐很多。他羡慕所有不用一个人独自在房间里睡觉，可以在床上和兄弟姐妹打闹，然后一起入睡的孩子。

现在，他觉得没有兄弟姐妹也不错，而且他还有好朋友彼得·瓦尔泽陪伴。

彼得和菲利克斯是同班同学。这两个男孩在各方面都截然不同，但却成了最要好的朋友。菲利克斯是班里最高的男生，彼得却很矮。菲利克斯不爱说话，喜欢一个人发呆，彼得却正好相反，总是坐不住。"人总得干点儿什么，不然太无聊了。"彼得总是这么说。

菲利克斯成绩很好，而且因为他 8 岁就开始戴眼镜，所以同学们都叫他"教授"。虽然菲利克斯觉得这个外号很傻，但自从他有了这个外号，就再也没能甩掉它。而彼得对成绩的要求并不高，无论数学、语文还是英语，只要不考倒数第一，他就很开心。菲利克斯讨厌体育，而彼得是市级游泳比赛青少年组 100 米蛙泳冠军。

尽管他们身上的不同之处不胜枚举，但他们是最好的朋友，几乎形影不离。他们一起加入了校管弦乐队，菲利克斯吹单簧管，彼得拉低音提琴。"我们乐团里，最矮的男孩却演奏最大的乐器。"校管弦乐队的领队老师波姆·波瓦克常常这样说。

彼得的父母在伯格街经营着一家加油站——瓦尔泽加油站。在加油站里，顾客不仅可以加油，可以买报纸和巧克力，还可以洗车。彼得的爸爸瓦尔泽先生还会给顾客修理自行车。

彼得有一个哥哥和一个姐姐。他的哥哥罗伯特今年 18 岁，姐姐帕翠卡 16 岁。彼得常常把"哥哥姐姐太烦了"挂在嘴边，实际上他很享受哥哥姐姐的陪伴和照顾。罗伯特有一台崭新的笔记本电脑，他教过彼得怎么用电脑。彼得现在操作电脑的水平和罗伯特的一样高，这让菲利克斯很羡慕。

他们两家离得很近，菲利克斯在自己的房间就可以看到彼得房间的窗户，彼得打个响指菲利克斯都能听到。

在银行开完账户之后，菲利克斯决定告诉彼得他的大计划，因为彼得是他现在唯一信任的人。第二天下午不上课，吃过午饭后，彼得骑着自行车出现在菲利克斯家门口。和往常一样，彼得穿着他的蓝色工装裤。

"嗨，菲利克斯，咱们走吧！去溪边。"

"好的，等我去骑自行车。"

2

沿着伯格街骑了大约 100 米后，他们来到一座小型停车场。穿过停车场后，平缓的柏油路变成了陡峭的沙土小路。小路蜿蜒向上，一直通往树林。穿过树林后，从纪念碑开始都是下坡路，自行车可以一路滑到螃蟹溪边。

螃蟹溪边的砖厂是这两个男孩的秘密基地。这里好多年前就不再烧砖了，但过去的所有设施都保留了下来。工人挖陶土遗留下来的大坑现在变成了一片湖泊，湖边生活着很多野鸭。厂房里立着一座老式火炉，天冷的时候，两个男孩可以在里面生火取暖。

对菲利克斯来说，没有什么比和彼得一起坐在溪边更惬意了。

昨天的暴雨似乎洗净了空气。夏天的脚步近了，澄澈的天空万里无云，太阳发出耀眼的光辉。鸟儿在尽情歌唱，郁郁葱葱的树林充满了生机。在这里，一切烦恼仿佛都随风消散了。

他们把自行车藏到砖厂旁的小树林里。然后，彼得问道："发生什么事了？"

"我爸妈又因为钱的事情吵架了，"菲利克斯沮丧地说，"我们去芬兰旅行的计划泡汤了，暑假我只能待在家里。"

"我觉得这样挺好的。"

菲利克斯愣了一下，问道："这有什么好的？"

"你想啊，如果你不去旅行，我们就可以一起做点儿什么。如果你去了芬兰，我就只能和哥哥姐姐玩了。我可不想这样！"

菲利克斯之前倒是没想到这一点。彼得和他的父母从来没有在假期出门旅行过。加油站每天都要营业，特别是夏天有很多游客来这里度假的时候。"加油站是没有假期的。"瓦尔泽先生总是这么说。

"你觉不觉得，天气热起来之后，人就容易饿？"彼得突然问道。

"我不觉得。"菲利克斯答道。他很清楚彼得现在想干什么。

螃蟹溪的溪水从砖厂前流过。在流经普尔普造纸厂前，溪水还是十分清澈的。溪流很窄，如果助跑一下，他们刚好可以跨过去。从前，螃蟹溪里的确有螃蟹，它就是因此而得名的。不过，溪里最多的还是肥美的鳟鱼。彼得是个捕鱼高手，他甚至可以徒手抓到鳟鱼。菲利克斯很羡慕，总问彼得他是怎么做到的。不过，看到被抓上来的鳟鱼躺在草地上，用毫无生气的眼睛盯着他，菲利克斯总是于心不忍。

需要说明的是，这里禁止捕鱼。这里是老贝克尔的地盘，他不允许任何人在这里捕捞鳟鱼。

"别像个胆小鬼一样，"彼得说道，"我们为什么不能在这里抓鱼？我哥哥说过，**所有权**就是盗窃。"

彼得的哥哥刚刚高中毕业，他时常冒出"金句"，当然，有时候也让人不知所云。

彼得继续说道："你要这么想：鳟鱼为谁而存在？为肚子饿的人。谁的肚子饿了呢？我们俩。看，问题就这么简单。"

"不是这样的。如果每个肚子饿的人都来这里捕鱼，螃蟹溪里的鱼很快就会被捕光。物品必须有明确的归属。我爸爸说过，如果一个东西属于所有人，就意味着它不属于任何人。"

"你说的有道理，教授。一个人如果没有财产，他就不会遭遇盗窃。但我也可以把这句话反过来说：不遭遇盗窃，一个人就意识不到他拥有多少财产。如果我们不从老贝克尔这里偷走鳟鱼，他就不知道这些鳟鱼的价值。"

菲利克斯本想反驳。他曾听爸爸说过"做错事的人不占理"，但他只在心里想了想，没有说出口，不然，彼得真的要把他当成胆小鬼了。

他们蹑手蹑脚地沿着溪边走，尽量不踩到枯枝，以免把鱼吓跑。他们穿过灌木丛和芦苇，来到一棵老垂柳旁。经过溪水经年累月的冲刷，垂柳的树根处被冲出了一个小洞，这里正是徒手抓鳟鱼的最佳地点。

两个男孩跪在青苔上，仔细在水面搜寻。起初，他们什么都没发现。过了一小会儿，彼得小声说道："嘘，你看那儿，有个大家伙！"

菲利克斯向下游走了大约 20 步，然后在地上猛地跺了两脚。枯枝发出的咔嚓声惊到了鳟鱼，鳟鱼闪电一般地游向树洞。它似乎觉得到了安全的地方，其实犯了一个致命的错误，因为彼得早就在那里守株待兔了。一眨眼的工夫，他就把这条活蹦乱跳的鳟鱼抓住了！之后，菲利克斯和彼得故技重施，又抓到了一条小一点儿的鳟鱼。

抓完鱼，他们回到溪边，捡了一些枯枝，生起一小堆篝火。彼得从他的工装裤口袋里掏出一张锡纸，把两条鳟鱼包起来，放在火上烤。

现在，他们终于有时间聊天了。

3

"我想变得富有。"菲利克斯没有拐弯抹角，开门见山地说道。

"想法真棒，那你打算怎么做呢？"

菲利克斯跟彼得讲了去银行开账户的事，也讲了他为什么生爸爸的气。听完之后，彼得哈哈大笑。

"不会吧？只是开了个账户，你就想变得富有，太可笑了！这根本行不通。"

"我知道。不过，这总比什么都没做强吧。我爸爸也这么说。"

"你爸爸说的话不可信，"彼得反驳道，"这样可不会让你变得富有。你应该先从简单的工作做起，比如洗盘子……"

"我想变得富有，不想去洗盘子。"

"哎呀，跟你真是说不通。我不是让你在家里洗盘子，而是让你找个地方工作，比如去酒店或者餐馆的厨房里削土豆或洗盘子。你可以把挣到的钱存起来，攒够钱之后就可以开一家工厂，赚钱后可以再开一家工厂……总有一天，你会成为百万富翁。电视上就是这么演的。"

"听起来好像不行，雇童工是违法的。"

"我只是打个比方，道理是一样的。我们应该找一个我们能胜任，但别人不会做的工作，这样就可以挣到钱了。"

"我们？你刚才说的是我们吗？"

"对呀，没有我，你一个人肯定干不成。而且，我也想变得富有。我们有整整一个暑假的时间，一定会成功的。"

燃烧的篝火发出温暖的光芒。彼得把锡纸包着的鳟鱼翻了个面，好让它们受热均匀。

"如果不洗盘子，我们还能做什么呢？"

"我们要想想自己擅长什么。你擅长什么？"

"数学。"

"算了吧，除了给人补课，没什么地方能用到数学，而且我自己还需要补课呢。再想想，你还会什么？"

"吹单簧管。"

"你吹得好吗？"

"还需要多加练习。"

"那也不行。你还会什么？"

菲利克斯绞尽脑汁地想。

"修剪草坪，"过了一会儿，他答道，"我可以问问加百列夫人，需不需要我帮她修剪草坪。她总和我妈妈说，她家的花园太大了，她一个人忙不过来，杂草都快长过头顶了。"加百列夫人是名牙医，就住在伯格街，她家紧挨着菲利克斯家。

彼得赞许地点了点头："这主意不错。"

"但我们不会因此而变得富有。加百列夫人的草坪不会长得那么快。到暑假结束，你最多就能剪三次。要想赚到钱，当然不能只考虑邻居，你可以给更多人修剪草坪。要敢想！"彼得又说道。

"那我也不能去问所有人，能不能帮他们修剪草坪啊。大部分人都是自己干。"

"打**广告**，知道吗？广告！"彼得摩拳擦掌。

"广告？"

"没错，现在无论做什么生意，都要先**宣传**。"

"不行，打广告太贵了。我爸爸说，报纸上登短短几句话的广告就要 30 元。"

"你不只有一个在报社工作的爸爸，你还有一个父母开加油站的好朋友啊！"

菲利克斯恍然大悟："对呀，你们那里有公告栏，上面贴着很多小广告。我妈妈想把我的旧自行车卖掉时，就在上面贴了一则小广告。"

"没错。我们可以在公告栏上贴一则小广告，上面就写：菲利克斯和彼得在暑假期间可以帮您修剪草坪，一次仅需 5 元。你觉得这个主意怎么样？"

"棒极了！"

4

两个男孩笑着击掌相庆。他们刚准备享用烤鱼，就听到树丛那边传来咔嚓咔嚓的响声。

"糟糕，有人来了！"彼得压低声音说，"快跑！"

菲利克斯急着把鳟鱼从火里拿出来，却烫到了手指。

"别拿了！"彼得连忙说道。

他们赶紧藏到灌木丛中。刚刚藏好，老贝克尔就走了过来，他肩膀上还背着捕鱼袋。一看到篝火，他就立刻高声怒骂起来。

"谁在这里烤鱼？别让我抓到你！"他挥了挥鱼竿，恶狠狠地威胁道，"要是让我抓到，我可就不客气了！"

菲利克斯和彼得吓得大气都不敢出。老贝克尔随时都有可能走到灌木丛这边，这样他们就暴露了！

幸好老贝克尔并没有这么做。他用靴子踩灭了火，跺了跺脚，迈着重重的步伐走了。

两个男孩在灌木丛里又等了一会儿，才敢走出来。

"真讨厌！"地上一片狼藉，彼得抱怨道，"都怪他，害得我们吃不成烤鱼！"

菲利克斯也失望地摇了摇头。随后，他们从树丛里把自行车推了出来。

上坡时，他们沉默地蹬着自行车。到了山顶，菲利克斯问道："彼得，你说我们会成功吗？"

彼得疑惑地看了看他，然后做了个鬼脸，笑嘻嘻地说道："我们一定会成功！"

"我们会变得富有吗？"

"非常富有！

"我们能发财吗？"

"发大财！"

菲利克斯内心欢呼雀跃。这是一个美好的季节，他有一个好朋友，有一个大计划，一切都会好起来。很快，他们就会大获成功。菲利克斯情不自禁地喊了出来。

"啊——"

彼得也跟着他一起喊，他们的回声响彻山谷。

5

这天晚上，菲利克斯和爸爸妈妈在阳台上吃晚餐，这还是今年的第一次。乌鸫在树上唱着歌，菲利克斯身上还散发着烟熏味。最后一缕红色的霞光落在餐桌上。

"既然我们暑假不去旅行，你想过假期要做什么吗？"当菲利克斯把最后一口奶酪面包塞到嘴里后，妈妈这样问他。随后妈妈提议道："你可以去斯图加特看望爷爷奶奶。"

"不，"菲利克斯一口回绝，"我有很多事情要做。"

妈妈又提了几个建议，菲利克斯都拒绝了："不，妈妈。我要留在家里，我和彼得有事要做。"

"你们要做什么？"

菲利克斯吞吞吐吐地说道："没什么，就是干点儿活。"

"干点儿活？干什么活？"爸爸问道，"是不是和你想变得富有有关系？"

菲利克斯脸红了，把下午和彼得讨论的事一五一十地告诉了爸爸妈妈。听完，爸爸赞许地说道："这是一个很棒的计划。你们真了不起！"

"你们真了不起！"菲利克斯觉得这是一句很有分量的话。妈妈却流露出怀疑的神情。

"10岁的小孩对赚钱这么着迷，不知道是好是坏。"

爸爸说道："菲利克斯学习自立是件好事，赚钱也不是什么坏事。菲利克斯，我觉得你们的计划很好。也许在理财方面，你将来会比爸爸强。"

妈妈清了清嗓子，接着说道："你可以从咱们自己家的草坪开始。咱们家的草坪早就该修剪了。"

"好，我明天早上就去修剪。我还可以做些别的事情来赚钱，比如整理房间、擦家具上的灰尘、买东西……"

"菲利克斯，"妈妈打断了他，说道，"对金钱的贪婪已经让你迷失了自我！整理房间这些是你应该做的，我们是不会为此付钱的。否则，我下次做了晚饭，岂不是也要向你们每个人收5块钱？我洗衣服和熨衣服是不是也要收钱？"

菲利克斯不想顶撞妈妈，于是换了个话题："爸爸，女孩是不是只喜欢有钱的男人？"

爸爸什么都没说，妈妈却扑哧一声笑了出来："如果女孩只喜欢有钱的男人，我的儿子，你根本不会出生。"

　　她又郑重其事地叮嘱道："菲利克斯，你和彼得一起去赚钱，这无可厚非。但是你要记住，金钱不能买来幸福。也就是说，开心和快乐不是钱能买到的。你也要好好记住这句话，吉尔德。"

　　"你怎么又开始说这些了。"爸爸不以为然。

　　菲利克斯觉察到，空气中又弥漫着火药味。他起身离开，爸爸跟了过来，意味深长地说道："顺便提醒你一下，"他抬头看了看夜空，"如果开始经商，最好不要再违禁捕鱼了。人们还是喜欢遵纪守法的商人。"

　　菲利克斯觉得他的耳根子都红透了。

　　"你肯定很好奇我是怎么知道的。你爸爸我是记者，消息灵通。今天快下班时，老贝克尔冲了进来，高声嚷着：'树林里进了偷鱼贼，他们甚至还烤了两条鳟鱼！你们应该写一篇报道，政府应该出台整治措施！'编辑部的同事把他打发走了。我们不清楚具体发生了什么，当然也不会因为有人偷了两条鳟鱼就写一篇报道。不过，当我回到家，闻见你身上烟熏火燎的味道，我就知道是怎么回事了。你如果被抓现形，就会惹上大麻烦。以后别这样做了。"

　　菲利克斯嘟囔着说自己根本没捕鱼，可爸爸不信。

　　"同谋和小偷没有本质上的区别。谚语中蕴藏着许多真理……"

　　"我也知道一句谚语。"菲利克斯本来想说"所有权就是盗窃"，但最终还是没有说出口。爸爸把话题上升到这样的高度，他根本无法反驳。

停顿了一会儿，爸爸仿佛突然想起了什么，说道："你烤鳟鱼时，有没有撒胡椒粉？撒了胡椒粉的鳟鱼简直是人间美味。人不能只想着赚钱，还要有生活情调。"

菲利克斯终于松了一口气，笑了出来。看来，爸爸也不总是那么严肃。

经济学小词典

所有权：拥有某件东西以及自由使用它的权利。比如说，你拥有一辆自行车，你可以随意使用它。无论你是骑着它四处逛，还是把它放到地下室，抑或是卖了它，都是你的权利。所有权的存在并不是理所当然的。几千年前，当人们在森林中捕猎或采集食物时，所有东西都是共享的。19 世纪，法国无政府主义者蒲鲁东（1809—1865）提出"所有权就是盗窃"的著名观点。他认为，人类赖以生存的基本资源应当共享，而非被某些富人据为己有。然而，今天大部分经济学家都认为，如果没有所有权，经济就无法正常运行，因为人们通常只会对属于自己的东西负责。举个例子，如果一家工厂属于每个人，那么实际上，这家工厂就不属于任何人，没有人会对它负责。

广告：介绍商品、服务内容等的一种宣传方式。广告往往有多种多样的类型，比如发布房屋和汽车出售信息的广告，发布工作岗位信息的广告等。

宣传：通过公开传播、宣扬，使大众相信并跟着行动的行为。企业通常委托广告代理商来进行宣传。

03

赚到了第一笔钱

不一定非要卖特别的东西。

只要这种东西有人需要，

在市场上又非常稀缺，你就可以卖。

I

第二天下午，瓦尔泽加油站的公告栏上新贴了一则小广告，上面写着如下内容。

我们可以为您修剪草坪，5 元一次。

如果您有需要，请联系我们。

彼得·瓦尔泽 电话：219967

菲利克斯·布鲁姆 电话：345670

这一天，他们赚到了第一笔钱。事情是这样的。当时两个男孩正在菲利克斯家的花园里坐着，电话突然响了起来。

"真没想到！"菲利克斯的妈妈走出来，说道，"是加百列夫人打的电话，她在加油站看到了你们贴的广告，想请你们现在就去帮她修剪草坪。她让我转告你们，割草机在仓库里，门没有锁。"

"你看，"彼得说，"还是要打广告！"

他俩走进加百列夫人的花园，发现这里确实需要一个园丁：女贞绿篱已经不知多久没有修剪过了，露台上的荨麻长得十分茂密，草坪几乎都被蒲公英和小雏菊盖住了。打开嘎吱作响的仓库木门，菲利克斯才发现这5块钱有多难挣。他和彼得费了半天劲才把满是灰尘的割草机拽出来。不知从哪里掉下来一堆空盒子砸在他们身上，蜘蛛网粘得他们满脸都是。

"这可真是个好开头，"彼得说，"我们得要求加百列夫人多付些钱，这里简直像猪圈一样脏。"

"不要说顾客的坏话。"

"好吧，我知道。顾客就是上帝，不管这个顾客有多疯狂。"

菲利克斯试着让割草机启动，但却没有成功。每次按下开关，割草机都只发出噗的一声。

"我来试试。"彼得说着，把割草机翻过来，敲打了一番。再次启动时，割草机终于发出了正常运转的声音。

菲利克斯用力把割草机推上斜坡，开始清理蒲公英和小雏菊，然后又冲进荨麻丛里。这台硕大的机器发出奇怪的响声，冒着黑烟。

菲利克斯发现，割草机工作得越久，冒出来的黑烟就越多。

突然，只听一声巨响，发动机里冒出一大股黑烟。紧接着，一切都安静了下来。菲利克斯惊恐地盯着面前这个冒烟的庞然大物，然后发愁地看着修剪了一半的草坪。

"这个吝啬的顾客不该扔给我们这么个破烂。就算割草机坏了，也是她自己的责任。"

菲利克斯妈妈听到那声巨响，连忙跑了过来。她看到眼前的景象后，赶紧跑回去打电话。没过多久她就回来了，脸上还挂着奇怪的笑容。

"你们知道加百列夫人说了什么吗？她说：'什么？他们把那台旧割草机搬出来了？为什么呀？那台机器都十多年没用过了。'她还问你们，为什么没用那台新割草机，它就放在门口。对了，加百列夫人还说，如果你们愿意把这台旧割草机搬到废品回收处，还可以再挣 10 块钱。"

最后，菲利克斯和彼得修剪了草坪，还把旧割草机搬到了位于塔尔街的废品回收处。彼得义愤填膺地说："还是要怪她，她不该把这台旧机器放在那么显眼的位置！"

除了这个小插曲，菲利克斯和彼得对他们执行致富计划的第一天还是很满意的，他们一共挣了 15 元。菲利克斯已经暗暗打起了小算盘：一年 365 天，如果每天都可以挣到 15 元，那一年一共能挣5475 元！

更让他们高兴的是，当天晚上还有两位顾客打电话过来请他们修剪草坪，一位是住在南边的陌生人，另一位是乐器商亚当·施密茨先生。

2

亚当·施密茨先生在这座小镇里非常引人瞩目。不过，虽然人人都认识他，但是没有人知道他的来历和家庭情况。施密茨先生住在南边的一座老房子里，一楼是他的乐器行，他一个人住在二楼。房子后面是一座大果园，果园紧邻螃蟹溪。

菲利克斯总觉得施密茨先生和他的乐器行有几分神秘色彩。每隔几周，菲利克斯就要去那里给他的单簧管买新的哨片，顺便再买一些乐谱。穿过那扇低矮的老式大门，就进入了光线昏暗的店铺，小号、萨克斯管、打击乐器、乐谱……店铺里总是堆得满满当当。老旧的地板踩上去嘎吱作响，戴着金边眼镜、留着长胡子的施密茨先生端坐在柜台后面，静静等候着顾客。

施密茨先生情绪激动时，会有点儿结巴。来他店里的顾客罕见地排起长队时，不时会有几个顾客打趣地叫他"施施施密茨"。菲利克斯有一次当着爸爸的面叫了施密茨先生的这个绰号，结果被爸爸狠狠训斥了一顿，后来再也没敢叫过。

施密茨先生不仅是个乐器商，他还在群星乐队演奏高音萨克斯管。群星乐队是这座小镇里最好的乐队，也是唯一规模较大的乐队。在康德中学的校园文化节活动中，群星乐队还曾在学校体育馆演出过。据彼得的姐姐帕翠卡说，施密茨先生演奏时非常投入，很有感情。

周四放学后，两个男孩去施密茨先生家修剪草坪。当他们推开乐器行那扇老式大门时，挂在门上的铃铛叮当作响。铃铛其实是多余的，因为木地板发出的嘎吱声已经宣告有人来访。施密茨先生从里面的房间走到柜台后，双臂环抱在胸前，向他们眨了眨眼。

"你们好，园艺公司的两位先生，"他礼貌地说，"请跟我来。"

他们三人穿过后面的房间，走下石阶，施密茨先生推开了花园的木门。

花园里一片荒芜。玫瑰树篱长得老高，黑莓和蒲公英的枯枝错杂丛生。显然，这座花园已经很久没有人打理过了。

"这座小木屋原本是鸡舍，"施密茨先生说道，"里面有一台割草机。"

彼得打量了一下花园，然后讨价还价："这座花园面积非常大，5块钱可能不够。"

施密茨先生眨了眨眼，说道："你们还懂**成本估算**呢。"然后就离开了。

彼得有些生气地启动了割草机。直到两个小时之后，他们汗流佝背、满脸通红地去领工资时，彼得都还没消气。

3

施密茨先生的房间简直就像一个洞穴。墙边堆满了书籍和乐谱，它们一直延伸到天花板，写字台上的纸也堆积如山。施密茨先生站在房间中央的一个谱架前，正在练习吹中音萨克斯管。这段旋律舒缓而略带悲伤色彩，菲利克斯总觉得似曾相识。一大袋爆米花被倒出来一半，撒在书桌上，房间里散发着一股香甜的味道。

施密茨先生放下萨克斯管，向两人点头示意，然后从冰箱里拿出一大瓶柠檬汽水。

"你们听过我刚才吹的那首曲子吗？"他一边问，一边往两个玻璃杯里倒满汽水，然后把杯子递给他们。

"这首曲子的名字叫作《来自伊帕内玛的女孩》，是我现在最喜欢的曲子，它是写给一位年轻的巴西女孩的。"施密茨先生话锋一转，"话说，5块钱是不是有点儿少？"

"嗯……"菲利克斯小声说道。

"确实。"彼得瞥了一眼桌上的爆米花。

施密茨先生把一张20元的纸币塞到了菲利克斯手里。没等菲利克斯表示感谢，他就邀请道："爆米花是我最喜欢的食物，你们也吃点儿吧。"

菲利克斯和彼得默默吃着爆米花。过了一会儿，施密茨先生问道："也许我不该问，但我还是很好奇，你们赚钱是为了什么呢？去度假吗？"

"您当然可以问，"菲利克斯答道，"但度假不在今年的计划中。"

"那你们是要买什么东西吗？火车模型还是电子游戏？不如买件乐器？我有一些很有意思的乐器……"

"不，谢谢您，我们只是想赚钱，为了将来赚钱。"

"我们想变得富有，非常富有。"彼得脱口而出。菲利克斯脸红了。

"原来如此。变得富有，对不起，是变得非常富有，我对这个也很感兴趣。你们还有什么其他的打算吗？如果只靠修剪草坪，一次只能挣 5 块钱，变得富有可能要花很长时间……"

"我们只是觉得，总得先迈出第一步，"菲利克斯说道，"以后我们可能会想到别的主意。"

"也许我们会提高价格，"彼得补充道，"所有东西都会变得越来越贵。"

"如果**市场**接受更高的价格，你们确实可以这样做。"

"谁接受更高的价格？"菲利克斯问道。

"市场。"

"我只知道土豆市场。"彼得说道。

菲利克斯补充道："我爸爸经常说什么市场经济。但是这和我们有什么关系呢？"

"如果你们有时间，我可以给你们讲讲。我们来上一节经济学基础课怎么样？"

"如果这对我们有用，我们愿意上。"彼得说道。

"当然有用。我还从来没有听说，懂得经济学知识会带来什么坏处。我先来讲讲什么是市场。拿土豆市场来举例子。每天早上，贩卖各种蔬菜和肉类的商家都会聚集在这里，售卖他们的商品——土豆、卷心菜、鸡肉等。他们提供商品，也可以说他们**供给**商品。"

"明白，但这和我们有什么关系呢？"菲利克斯问道。

"别着急。去市场的不仅有提供商品的人，还有想买东西的人。他们会问商家，有没有他们想买的东西，也就是他们需要的东西。这就是**需求**。"

"这个我知道，"菲利克斯说道，"卖新鲜蔬菜的摊位总有很多人，人们对新鲜蔬菜的需求很高。"

"接下来我想讲讲，市场上都会发生什么。我再举个例子。你们知道一个鸡蛋多少钱吗？"

"我上周买过鸡蛋，差不多2角钱一个。"

"很好。现在，请设想一下，有一个农民来卖鸡蛋，1元钱一个。"

"我才不会买他的鸡蛋呢，我可没那么傻。"

"再想象一下，另一个农民的鸡蛋5分钱一个。"

"那我就把他的鸡蛋全部买下来，然后再以2角钱一个的价格卖出去。"彼得说。

"你看，每个人都会像你这样，想把鸡蛋以2角钱一个的价格卖出去，所以2角钱就是市场价。以这个价格，没有农民的鸡蛋会卖不出去，也不会有人买不到鸡蛋，鸡蛋市场就可以平衡。"

"可我妈妈说，如果太晚去市场，就买不到新鲜的鱼了。这种情况下，市场价是不是没起作用？"

"并不是。鱼是一种极易腐烂的商品，而鱼贩子不知道一天会有多少人来买鱼，所以他们非常谨慎，只带确定能卖出去的数量去市场。"

"好吧，"彼得说道，"但是我们不打算卖鸡蛋，也不打算卖鱼。"

"你们在市场上也是供给方，你们提供的是修剪草坪的服务。"

"那我们的市场在哪里呢？"菲利克斯问道。

"如今，市场已经完全不需要一个具体的场所了，市场无处不在。一则贴在加油站公告栏里的广告，或者一通电话，就可以将供给方和需求方联系起来。凡是你能想到的事物都有市场：乐器、理发、劳动力、货币……当然还有修剪草坪。而且市场价是一直存在的。"

"可是5元只是我们随口说的。"菲利克斯说道。

"幸运的是，你们歪打正着，否则你们就不会有像我这样的顾客了。此外，据我所知，在本市，你们是市场上修剪草坪服务的**垄断**

者。也就是说，你们是这种服务的唯一供应商。因此，比起有其他供应商的情况，你们可以相对自由地定价。"

"如果有人敢抢我们的生意，我要他好看！"彼得愤愤地说道。

"只要市场上只有你们一家供应商，你们就可以考虑涨价，但一定要谨慎，涨价可是会惹恼顾客的。顾客一旦生气，很快就不再是你的顾客了。相信我，在这方面我有经验。"

"听起来，您懂得真不少。"彼得说道。

"我也只是略懂皮毛。"施密茨先生谦虚地说。

"您专门学过这些吗？我一直以为您是个音乐家。"

"我确实很喜欢音乐，但我爸爸觉得搞音乐不务正业，他希望我学点儿正经的，所以我大学学了经济学专业。"

"您觉得我们应该怎么做才能赚更多钱呢？"彼得问道，"涨价风险太大，但是如果不涨价，我们赚钱的速度又太慢了。"

"除了修剪草坪，你们还可以做点儿别的。"

"我们还能做什么呢？我们既没有鸡蛋，也没有鱼来卖。"

"仔细想一想，不一定非要卖特别的东西。只要这种东西有人需要，在市场上又非常稀缺，你就可以卖。一位著名的经济学家曾经用水这种最普通的商品来举例子。想象一下，沙漠中有一片绿洲，其中有一汪泉水。如果泉水足够所有居民使用，那么它就没有价值。虽然泉水喝起来非常甘甜，也属于生活必需品，但只因它供应充足，没有人会想到卖水来赚钱。"

"那是当然，因为每个人都可以自己去取水。"菲利克斯说道。

"但是，假设每隔几个月，就有一支人数众多的商队来到绿洲。他们每次来，生活在这里的人数就变成平时的三倍。忽然之间，水变得稀缺了，泉水就拥有了价值，绿洲的居民就可以通过卖水来赚钱了。也就是说，只要你们的东西需求高而供给有限，你们就可以轻松地赚到钱了。"

"可是，我们能提供什么需求很高的东西呢？"菲利克斯说道，"大人自己可以做大部分事情：吸尘、擦自行车、修剪树篱、喂猫、做饭、擦鞋……"

"擦鞋可以考虑。"施密茨先生说道。

"这个还是算了吧，"彼得摇了摇头，"菲利克斯也就随口一说，我连自己的鞋都不擦。"

"但这确实有市场。"

这时，店里的铃响了，施密茨先生离开了房间。

"擦鞋？简直是无稽之谈。"彼得嘟囔着。

4

在这个堆得满满当当的房间里，菲利克斯漫无目的地环视四周。书堆得到处都是，不只写字台和地板上，就连窗台上都摆满了书。

面向花园的窗户显然很久没有打开过了，窗户把手上，一张蜘蛛网在阳光的照射下闪闪发光。在书架上，菲利克斯看到一张放在老式木制相框里的照片。照片里有一位留着胡子的男士，旁边是一位抱着婴儿的年轻女士。看来，这位男士就是年轻时的施密茨先生。

"这是我的前妻和女儿。"施密茨先生在他身后说。菲利克斯甚至没有注意到他已经回来了。

"你们为什么不在一起了？"菲利克斯问道。

"我前妻觉得我只关心萨克斯管，根本不关心她。可能她说的没错吧。"

"那她现在在哪儿呢？"菲利克斯又问道。

"她和我们的女儿莎拉一起住在法兰克福。莎拉已经10岁了……"

"和我们同岁。"菲利克斯说道。

"真巧。我们刚才说到哪儿了？"施密茨先生又拆开一袋爆米花，把它们倒在桌上。

"无论如何，我们也不考虑擦鞋。"彼得斩钉截铁地说道。

"帮别人买东西怎么样？我觉得买东西很有意思。"菲利克斯说。

"如果早晨我不用自己走到姆巴赫面包房就可以吃到新鲜出炉的面包，我一定会觉得很棒。可他家的面包只能去店里买。"施密茨先生说道。

"我们可以问问姆巴赫先生，需不需要别人帮他送面包。"彼得说道。

"您觉得我们可以做这个吗？"菲利克斯忽然有些犹豫了，他转过头看向施密茨先生。

"别像个胆小鬼一样，"彼得给菲利克斯打气，"我们一定能成功！送面包总比擦鞋强多了。"

"这个主意太棒了！"施密茨先生夸赞道。

"很多大人喜欢在周末睡懒觉，所以我们只在周末送面包。等着瞧吧，订单会像雪片一样飞来。"彼得说道。

和施密茨先生道别后，他们走在大街上。彼得说道："我们一定会变得富有！等我们成功了，也给施密茨先生一些好处吧，一百万怎么样？"

"我爸爸说过，在抓到熊之前，先不要想着怎么去瓜分它的皮。"菲利克斯说道。

5

那天晚上，菲利克斯看到爸爸拉着脸坐在餐桌旁，一言不发。他没有问菲利克斯在学校过得怎么样，也不和妈妈说话，只是沉默地吃着晚饭。

不知过了多久，菲利克斯鼓起勇气问道："爸爸，您是生我的气了吗？"

"不，菲利克斯，和你没有关系，我只是在想工作上的一些事。"

妈妈摇了摇头，说道："吉尔德，你儿子已经不是小孩了，你就说说吧。"

爸爸叹了口气，说道："你妈妈说得对。菲利克斯，你还记得前几天你来编辑部找我时，我正和普尔普造纸厂的人打电话的事吗？"

"记得，螃蟹溪里的鱼死了。"

"是的。这段时间，我们找到了普尔普造纸厂排放污染物的证据。造纸厂的一位工程师良心发现，主动给我们打了电话，说他想匿名举报，甚至还给我们看了造纸厂的秘密文件。"

"这可真是太好了，您终于可以写这篇文章了，它一定会成为《大众报》的头版头条。"

"并不会。李斯特先生下令，这篇文章不能发表。"

"什么？怎么能这样！"

弗里茨·李斯特是《大众报》的主编。

"他觉得您写得不好吗？"菲利克斯问道。

"不是。他认为我们承担不了发表这篇文章的后果。"

"为什么？"

"普尔普造纸厂是本市最重要的**雇主**，有很多**雇员**。造纸厂老板在工商业协会中影响力很大，所以我们对普尔普造纸厂的负面新闻要小心谨慎。明天《大众报》的头版头条不是我的这篇文章，而是另一篇关于今年夏天天气的文章。"

"爸爸，您就这样接受了？"

"那还能怎么办呢？如果我跟主编闹翻，也许会丢掉工作。"

"那也没关系。如果真是这样，您就待在家里给我们做饭。妈妈可以多翻译几本书，我也可以挣一点儿钱了。"

"你能这样想真好，菲利克斯。"爸爸说着，深深地看了他一眼，"可惜生活没有那么容易。"

经济学小词典

　　成本估算：计算成本的一种方法。如果一个人雇用了一位工匠来制作一件工艺品，他想提前知道这件工艺品的制作成本，就可以要求工匠进行成本估算。某种程度上，这对于工匠是一种约束，他之后就很难再要求雇主支付高于成本的钱了。

　　市场：市场的英文 market 源自拉丁语中的 mercatus，指买卖商品的场所。最初，市场只是一个真实的、有形的场所，而如今，市场的含义越来越丰富。我们可以设想一下，如果所有理发师和顾客每天都要在土豆市场碰面，商定理发的价格，那无疑是非常不切实际的。理发店里张贴的价目表为理发师和顾客提供了便利，他们不必每次都商定理发的价格，且顾客可以比较该理发店和其竞争对手的价格和服务。如果这家理发店的定价比其他店的高，服务却没有更好，那么顾客就会流失。

　　供给：生产者提供给市场的商品总量。一般情况下，价格越高，供给就越高，反之亦然。如果供给和需求相当，市场就处于平衡状态。如果供大于求，商品的价格就会下降；如果供不应求，商品的价格就会上涨。

　　需求：消费者以一定价格能够购买的商品的数量。一般情况下，价格越低，需求就越高，反之亦然。如果某种商品供不应求，往往意味着人们对它的需求很高。

垄断者： 一家企业如果没有竞争对手，是唯一可以提供某种特定商品或服务的企业，那么它就是垄断者。

雇主： 为别人提供工作岗位并支付报酬的个人或企业。

雇员： 被雇用的人员。

04

吉安娜，欢迎加入

每家公司都有规章制度，
它能对所有重要的事情做出规定。

I

菲利克斯的爸爸最近很反常。

大多数时候，爸爸一句话都不说，如果非要他说点儿什么，他也总是心不在焉。菲利克斯和他说话时，他好像根本没有在听。每天早上，他沉着脸离开家，晚上还是沉着脸回来。菲利克斯很担心他。

好在，还有很多事情可以分散菲利克斯的注意力。他和彼得去了姆巴赫面包房，询问姆巴赫先生需不需要他们周末帮忙送面包。

"送面包？你们俩？"姆巴赫先生瞥了他们一眼，以为他们在开玩笑。

"没错！"菲利克斯说道。

姆巴赫先生一边用手指敲打着柜台，一边说道："好啊！这样一来，我们就不仅仅只卖面包了，我们还为顾客提供**服务**。"说完，姆巴赫先生搓了搓那双沾着面粉的大手，拿起笔，在纸上写了些什么，然后自豪地给菲利克斯和彼得看。

新体验！

周末早上新鲜出炉的面包，我们为您送货上门！

请在前一天 13:00 前打电话预订。

您的烘焙师 约翰·姆巴赫

"你们准备好了吗？"

"准备好了！"菲利克斯和彼得大声说道。

2

周日早晨 7:00，菲利克斯和彼得来到面包房，姆巴赫先生刚刚打开店门，热情地和他们打了招呼。那则广告在橱窗里才贴了一天，姆巴赫先生就接到不下 30 份订单。

姆巴赫先生准备了两个大箱子，每个箱子里都放着包装好的新鲜面包。然后，他塞给每个男孩一张写着送货地址的纸条。菲利克斯和彼得把箱子固定在自行车后座上，飞快地骑车出发了。

菲利克斯还从来没有在周末这么早的时候看过这座小镇。大街上一片寂静，只能听到乌鸦的叫声。大多数顾客刚刚起床，收到面包时，他们都觉得这项服务太棒了，不仅支付了面包钱，还给了两个男孩小费。大部分顾客给的小费都是1元钱，但有个人给了菲利克斯5元钱！

9:30，他们就已经完成了任务。姆巴赫先生奖励了他们夹心羊角面包和葡萄干瑞士卷，他们想吃多少吃多少。每送一单，姆巴赫先生就付给他们1元钱。短短一上午，加上小费，他们总共往共同的鞋盒里放进47元。

一天就赚了这么多钱，菲利克斯感到难以置信。

3

菲利克斯和彼得每周末早晨7:00都去送面包，一直送到放暑假。这段时间里，不时有人打电话来请他们修剪草坪。鞋盒越来越满，他们在小镇上引起了不小的轰动，人们开始对他们感到好奇。

"这两个男孩还有什么计划？"有一次，他们的数学老师雷曼先生在给汽车加油时，问了问彼得的爸爸。彼得的爸爸耸了耸肩，嘟嚷着说自己并不清楚他们的想法。

牙医加百列夫人对菲利克斯的妈妈说："你们的儿子对赚钱这件事似乎有点儿过于痴迷了。"

"没办法，这就是金钱的力量，"菲利克斯的妈妈说，"我希望他们的这股劲头能够快点儿过去。"

这学期最后一天，他们把书包扔到墙角，数了数鞋盒里的钱——287元，这比菲利克斯储蓄账户里的钱还要多。他们觉得自己非常棒。

暑假开始了。菲利克斯坚信，他们很快就会变得富有。

虽然要达成目标还有很长的路要走，但是菲利克斯和彼得还是决定在暑假开始的时候庆祝一下。他们从鞋盒中拿出30元钱，打算去里亚托冰激凌店大吃一顿。

他们骑车来到土豆市场，把自行车停好后，昂首阔步地走上冰激凌店的台阶。彼得甚至踮起了脚，试图让自己看起来比实际高几厘米。他们坐在店里一张小桌旁，开始研究菜单。这还是他们第一次这样做，之前，他们每次都和其他孩子一样，站在柜台旁，要一个最便宜的蛋筒冰激凌。

吉姆皮里太太诧异地打量着两个男孩，问他们想吃点儿什么。彼得点了浇奶油和巧克力酱的冰激凌球，还有一个香草冰激凌球。菲利克斯要了一份超大号的坚果冰激凌，一共有7个球！

"以后我们每天都这么吃！"吉姆皮里太太离开后，彼得兴奋地说道。菲利克斯也在憧憬着美好的未来，忽然，一个声音让他回过神来。

"两位请慢用。"

把冰激凌送过来的，不是吉姆皮里太太，而是她的女儿吉安娜。

吉安娜穿着牛仔裤和 T 恤衫，深棕色的头发扎成马尾，上面系了一个粉色蝴蝶结。

"你们看，我的新发型怎么样？"吉安娜双臂环抱在胸前，问彼得和菲利克斯。

"我觉得这个蝴蝶结挺粉嫩的。"彼得说道。

"我也想不到更好的回答了。"菲利克斯暗想。

"粉嫩，我喜欢这个回答。你们的生意怎么样？"

"挺好的。"菲利克斯盯着面前的冰激凌，有些扬扬自得地回答道。冰激凌球的边缘已经开始融化。

"你们还没有把钱装进口袋，就开始乱花，这样可不好。看来，是时候为你们注入新鲜血液了。"

"什么意思？"

"我是说，你们人手不够，尤其缺乏合适的人。"

"你觉得我们还需要谁呢？"菲利克斯问道。

"我啊！"

吉安娜不顾两个人惊讶的神情，双手叉腰，用脚尖点着地板。

"你们怎么不说话了？"她问道。

"我不太确定，"菲利克斯小心翼翼地回答道，"其实我们并不需要其他人……"

吉安娜接着说道："你们不会找到比我更合适的人选了。我会修剪草坪，也会送面包，还会很多你们想不到的事情。所以，请仔细考虑一下我的提议。不过别考虑得太久，不然你们会后悔的。"

说完，吉安娜就离开了。

彼得和菲利克斯面面相觑，他们一边沉默地吃着冰激凌，一边思索着。

吃完，他们用手背擦了擦嘴角，付了钱，离开了冰激凌店。

4

离开冰激凌店后，两个男孩骑自行车去往螃蟹溪边。他们刚到溪边就惊呆了——一个人正坐在溪边的草地上。

不是别人，正是吉安娜。

几秒后，彼得才开口问道："你怎么在这里？你是怎么找到我们的秘密基地的？"

吉安娜没有回答，而是问道："你们考虑我的提议了吗？"

"如果我们拒绝，会怎么样？"菲利克斯问道。

"那你们损失可就大了。"

"你到底对我们了解多少？"菲利克斯又问道。

"我知道你们想变得富有，我也想变得富有。"

菲利克斯和彼得交换了一个眼神。

彼得又问道："假如我们让你加入，你能为我们做什么贡献呢？"

"我可以帮你们。我有一家冰激凌店，是一名商人，我会……"

"冰激凌店是你妈妈的。"菲利克斯纠正道。

"都是一样的。我们应该扩大面包的配送范围。多一个劳动力，你们可以挣得更多。"

"姆巴赫先生也这么说。"

"是的。此外，我们还应该生产鸡蛋。"

"生产什么？"菲利克斯和彼得异口同声地问道。

"生产鸡蛋，这很简单。我家有座大花园，我妈妈原本想在那里开一家花园咖啡厅，但是没弄出什么名堂，现在那里都荒废了。我们可以在那里建一个养鸡棚，再把栅栏修理一下，就大功告成了。"

"那鸡从哪里来呢？"菲利克斯问道。

"去土豆市场买，那里有一个农民卖鸡。我们可以在里亚托冰激凌店里卖鸡蛋。一个鸡蛋 2 角钱，如果我们有 20 只母鸡，每只母鸡每天下一个蛋，一周就能挣到 28 元钱，这算得上一大笔钱了，不是吗？"

菲利克斯更惊讶了。

"对了，"吉安娜说，"你们记账了吗？"

"没有，怎么记账？"

"如果你们让我加入，我就告诉你们。"

彼得和菲利克斯对视一眼，说道："我们要商量一下。"

他俩走到一旁，彼得小声问菲利克斯："你觉得呢？"

"可能这对做生意来说，是好事吧。"两人又嘀咕了一番，达成了共识。

他们郑重地对吉安娜说道："吉安娜，欢迎加入。"

"我很荣幸。"吉安娜笑了，接着说道，"想变得富有，我们要先从记账开始。"

"我开始好奇了。"彼得说道。

吉安娜从牛仔裤口袋里掏出一个皱巴巴的本子和一支铅笔。她打开本子，在第一页画了一条横线。

"记账就是准确地记录收入和支出。我看过我妈妈记账，其实很简单。到目前为止，你们一共赚了多少钱？"

"287 元。"菲利克斯回答道。

"还不错。"吉安娜说着，在这条横线下面写下了这个数字，又问道，"到目前为止，你们花了多少钱？"

"22 元 3 角，买了冰激凌。"

"很好。"吉安娜又把这个数字写了上去。现在，本子上的表格看起来是下页这样的。

收入	287.00
支出	
冰激凌	22.30
余额	264.70

"可是，我们数一下兜里的钱也就知道了。"菲利克斯说道。

吉安娜反驳道："如果你们有 100 万，数起来就没那么方便了。"

"这倒是。"彼得表示赞同。

"你们把钱放在哪儿了？"

"在一个鞋盒里，鞋盒在菲利克斯那儿。"彼得说道。

"一个鞋盒？不行，我们需要去银行开一个账户，否则钱怎么花出去的都不知道。"

"可是存款利息太少了。"菲利克斯说道。

"放在鞋盒里有利息吗？"

"好吧，那我们开一个新的账户。"

"此外，我们还需要起草规章制度。"

"规章制度？那是干什么用的？"彼得一头雾水。

"我们现在成立了一家公司，每家公司都有规章制度，它能对所有重要的事情做出规定。公司成员应当做什么、不能做什么，都要写在里面。比如，我们公司的规章制度里就要写上，收入归大家所有。"

"这一点我们早就商量好了，"菲利克斯质疑道，"没有必要特意写下来。"

"互相信任是很好，但有约束更好。"吉安娜拿起本子，从中间撕了两页纸。她正要动笔，忽然又想起来，"我们公司还没有名字。"

"我们需要一个名字吗？"菲利克斯问道。

"当然需要。每家公司都有名字，这样人们才能记住它。例如，我妈妈的冰激凌店的店名叫里亚托。"

"造纸厂的名字叫普尔普。"

"那么，我们公司可以叫布鲁姆和瓦尔泽公司。"彼得提议道。

"那我的名字呢？"吉安娜有些不满。

"但是布鲁姆、瓦尔泽和吉姆皮里公司听起来太烦琐了。"

"确实。我们应该想一个和我们的工作有关的名字。"

"你们觉得'小矮人公司'怎么样？"菲利克斯问道。

"小矮人？不错！"吉安娜和彼得异口同声地说道。

"就叫小矮人公司，"吉安娜说道，"我们每个人都是合伙人。现在，我们把公司的规章制度写下来吧。"

大家商量了很长时间，公司的规章制度终于初具雏形。

小矮人公司
规章制度

以下签约者在施恩施泰德合伙成立小矮人公司。每名合伙人都有义务努力工作，以使公司资产不断增加。公司的收入统一存入公司账户，公司的资产归全体合伙人共同所有。合伙人应当勤俭节约，同时保证自己的言行不会给公司带来负面影响。运营成本由所有合伙人共同承担。在本公司工作期间，如果哪名合伙人同时为另一家公司工作，他将被开除。

公司地址暂定螃蟹溪边的草地上。公司财务负责人为菲利克斯·布鲁姆。如有需要，公司将召开董事会会议。

公司的口号是：人人为我，我为人人！

起草于施恩施泰德，7 月 20 日

菲利克斯·布鲁姆，彼得·瓦尔泽，吉安娜·吉姆皮里

加上那句口号是彼得的主意，那是他在一部电影中看到的，大家都觉得这句话很适合新公司。菲利克斯觉得"董事会"这个说法很滑稽，因为除了他们几个，公司并没有其他人，但是吉安娜和彼得坚持要写上。他们说，一家公司需要一个董事会，而且谁都不知道以后会发生什么。

经济学小词典

服务： 不以实物形式，而以提供劳动的形式满足他人需求的行为。比如，你去理发店理发，或者去银行咨询，都获得了某种服务。

05

笨男孩佩佩的故事

纸币本身就相当于承诺。
一般只有国家银行才可以发行纸币。

I

周一，暑假的第一天，天气十分凉爽。天空中乌云密布，一大早就下起雨来。

在这样的天气，彼得和菲利克斯什么活儿都干不了，他们决定再去拜访亚当·施密茨先生，并借此机会把吉安娜介绍给他认识。施密茨先生已经知道他们送面包的计划大获成功，他每个周末都会订一些面包，给小费特别大方。

"看，你们的业务范围扩大了。"

"我们成立了一家公司。"

"小矮人公司。"吉安娜补充道。

"你们的进展真快。我就说过，你们会成功的。"

乐器行的里屋一片狼藉，甚至比之前还要乱。写字台上的纸堆中间，立着一个崭新的、巨大的屏幕。

"这是我新买的电脑。"施密茨先生说道。

"真棒！"彼得赞叹道。

"旧电脑坏了好多年，我一直没有买新的。现在有了新电脑，我的工作效率会更高，毕竟时间就是金钱嘛。"

"我妈妈也总这么说。"菲利克斯附和道。

"你们看到的这些小提琴、小号、鼓、乐谱和琴弦，都是**资产**。我要尽快将它们销售出去。请你们帮我安装电脑吧，我要去擦拭乐器了。"施密茨先生说道。

三人动起手来。

"为什么大人们都说，时间就是金钱？"吉安娜不解地问道。

菲利克斯说道："我也不明白。我反而觉得，时间与金钱是对立的。"

"你们看，"施密茨先生解释道，"如果一把吉他在我店里放了半年，一直卖不出去，我就赚不到钱。如果你们在夏天加快了制作冰激凌的速度，每天就可以制作出更多的冰激凌卖给顾客，赚到更多的钱。现在，你们能理解时间就是金钱了吗？"

吉安娜说道："可是，如果夏天很热，来买冰激凌的顾客排成长龙，我们会赚很多钱，但却没有时间做其他事。如果天天下雨，情况就正好相反了。"

"这个问题我倒是从来没想过，你说的好像也有道理……"施密茨先生若有所思。

"我还是不明白，时间就是金钱吗？"吉安娜问道。

"或者也可以反过来说？"施密茨先生也问道。

大家陷入沉默。

彼得嘟囔着："说话是银，沉默是金。"

"就你知道得多。"吉安娜撇了撇嘴。

"你们说，钱和金子有关系吗？"过了一会儿，吉安娜又问道。

"有些人认为钱就是金子，"施密茨先生说道，"但这是不正确的。钱与价值有关，简单地说，有价值的东西就值钱。"

"金子有价值吗？"

"当然有。如果你有金子，就相当于你有了钱。时间也是有价值的，如果你付出时间，也会赚到钱，比如菲利克斯和彼得花时间修剪草坪，就能赚到钱。"

菲利克斯清了清嗓子，郑重其事地说道："我爸爸说过，想赚钱就要工作。付出时间努力工作能赚到钱，就意味着时间就是金钱。"

吉安娜吹了声口哨，佩服地说道："不愧是'教授'！"

彼得从他的蓝色工装裤的口袋里掏出一枚 2 角钱的硬币，满不在乎地说道："我真不理解你们在想什么。这就是金钱，有什么问题吗？"

　　施密茨先生也把手伸进裤子口袋里，掏出一枚棕色纽扣，问道："这是什么？"

　　"纽扣。"

　　"我知道，但是它为什么不是钱呢？"

　　"因为上面没有刻着金额，而且它是塑料做的。"彼得回答道。

　　"如果这是一枚金属纽扣，上面刻着'2角'，它会变成钱吗？"

　　"当然不会。"吉安娜说道。

　　"金钱的本质究竟是什么，这个问题很难回答。古时候，货币是用金银做的，现在，它们由铜、镍或纸制成。我听说在非洲，人们过去还曾用贝壳和奶牛作为货币进行交易，那可真是太不方便了。"

　　彼得咧嘴一笑："我倒是想从钱包里牵出一头奶牛来。"

　　"几千年前，人类就发明了货币，以便更方便地进行交易，以及更好地储存财富。但是直到近百年，人们才理解了金钱意味着什么。我常常问自己：这个问题我们是不是真正想明白了？"

　　"所以金钱究竟是什么呢？"吉安娜追问道。

　　"我认为，金钱是一种承诺。"施密茨先生答道。

　　"一种承诺？"菲利克斯说道，"我不太理解。"

　　施密茨先生停顿了一下，似乎想确认是不是所有人都可以跟上他的思路。

　　"如果我给了你们一张10元钱的纸币，相当于我给了你们一个承诺，承诺你们可以用这10元钱来买东西。当然，我不必把这种承诺说出来。"

"可是，如果我们不相信您的承诺，会怎么样呢？"彼得问道。

"那我就把钱再拿回来。"施密茨先生大笑道，"当然，你们还是会相信这种承诺。甚至就算你们不认识我，也还是会相信。这就是金钱的特点——为这种承诺做担保的，不是支付货币的人，而是发行货币的机构。在我们这里，发行货币的机构就是位于法兰克福的**欧洲中央银行**，每张纸币上都有它的标志。欧洲中央银行要确保不会有过多纸币被印刷出来。"

"如果印得太多，会怎么样呢？"菲利克斯问道。

"那么流通的纸币就会变多，钱就会贬值，商品的价格就会上涨。人们把这种现象叫作**通货膨胀**。"

施密茨先生打量了一下三个孩子，继续说道："我给你们讲个故事怎么样？这样你们就能更好地理解钱是怎么产生的。"没等他们回答，施密茨先生就急匆匆地走出了房间。

"好像在上课一样。"彼得小声嘀咕。

"嘘。"吉安娜不满地瞪了一眼彼得。这时，施密茨先生已经回来了，他手中拿着一瓶水和一大包爆米花。

2

　　"这是一个笨手笨脚的男孩的故事。我刚刚才编好这个故事，它的开头和所有有趣的故事一样。

　　"几百年前，有个 12 岁的小男孩，他生活在地中海沿岸的热那亚。他的名字，我们就叫他朱塞佩……"

　　"佩佩怎么样？"吉安娜说道，"如果他的名字叫朱塞佩，我们可以叫他佩佩。"

　　"很好，那我继续讲。佩佩是裁缝弗朗西斯科和他的太太帕奥拉的独生子。

　　"弗朗西斯科在港口附近开了一家裁缝铺，全家都靠着裁缝铺的微薄收入来生活。和当时的大多数男孩一样，佩佩就在裁缝铺所在的小巷里长大。

　　"佩佩笨得出奇。其他 12 岁的男孩早就可以帮家里干一些力所能及的家务了——面包师的儿子会揉面团，木匠的儿子会清扫作坊里的木屑，还有男孩会织布或者搬运重物。

　　"但是佩佩什么都不会。

　　"他帮爸爸拿针时，总会把手扎破。他去给客户送新衣服时，常常摔倒，还会扯破新衣服，害得爸爸不得不重新缝制。在集市上，他也总是心不在焉，常常撞翻卖水果的小贩的果篮，苹果、梨、甜瓜滚得到处都是。因此，所有人都叫佩佩'笨小子'。

"弗朗西斯科对佩佩越来越不满。一天晚上，他躺在床上，跟太太帕奥拉抱怨道：'为什么我们偏偏生了这么一个笨蛋？'

"帕奥拉很爱她的独生子佩佩，每次听到丈夫这样责骂儿子，她心里都很难受。但由于丈夫脾气暴躁，她也不敢说什么。

"佩佩 14 岁时，弗朗西斯科对他说：'佩佩，从你出生到现在，你带给我的只有烦恼。如果你以后当不成裁缝，也学不会其他的手艺，谁来养活你呢？是时候学着自己照顾自己了。'"

"他爸爸怎么能这样？"彼得刚说了一句话，吉安娜就用胳膊肘碰了他一下，示意他安静。

3

施密茨先生继续讲下去。

"佩佩准备出门游历。当他站在门口，准备向父母辞行时，佩佩的妈妈忍不住潸然泪下，但佩佩自己却一点儿也不难过。他厌倦了爸爸的责骂，很高兴自己可以去看看这个广阔的世界。

"爸爸给了他一枚金币，妈妈给了他一条面包、一块奶酪和一个装满橄榄的亚麻袋子。妈妈把所有东西用一大块布包好，打了结，然后把这个小包裹挂在一根棍子上。佩佩背上行囊，把金币装进口袋，踏上了旅途。

"热那亚有很多货币兑换商，他们大多来自山那边的米兰、摩德纳、贝加莫或其他城市。他们在集市上摆好桌子和长凳，人们可以在这里把佛罗伦萨或其他地方的货币兑换成热那亚的货币。货币兑换商会检测货币中黄金或白银的含量，然后确定兑换比例。

"佩佩在城里闲逛时，无意间走到一个货币兑换商面前。对了，我之前忘了讲，佩佩虽然笨手笨脚，但却特别擅长计算。他不仅熟练掌握四则运算，还会算平方根和圆的面积等，这在当时是很不寻常的。因为几年前，佩佩曾向一位僧侣学习如何计算，但是他爸爸对此却不感兴趣。

"佩佩花了一段时间观察这个货币兑换商是怎么工作的。到这里来兑换货币的，有穿着考究的商人，也有衣衫褴褛、头发蓬乱的手艺人。他们拿出杜卡特的硬币，货币兑换商把硬币放在他的天平上，用鹅毛笔在纸上写下几个数字，然后给他们兑换热那亚的硬币。

"佩佩很喜欢这个兑换商的摊位，因为这里的交易安静而神秘，和集市上其他摊位的嘈杂截然不同。

"没过多久，这个货币兑换商就注意到了佩佩。

"'嗨，叫你呢，'他冲佩佩喊道，'你会计算吗？'

"'我当然会啊。'佩佩答道。

"'那你算给我看看。'说着，货币兑换商把一堆硬币推到佩佩面前，问道：'这些一共是多少钱？'

"佩佩坐到桌边，把硬币每10枚堆在一起，然后数了数一共有几堆硬币。

"'一共有 176 枚硬币，还有一块金块和一枚纽扣。'

"'真了不起！'货币兑换商赞叹之后向佩佩发出邀请：'如果你愿意，可以来我这里工作，包吃住。'

"佩佩十分满意，他就这样成了货币兑换商的助理。

"对佩佩来说，一段快乐的时光开始了。每次在集市摆摊时，他都端坐在桌前，一边数硬币，一边听那些来自遥远的国度、带着香料和布匹的商人讲述他们的故事。再也没有人嘲笑他笨拙了。大家都非常惊讶，一个来自普通家庭的小男孩居然有计算方面的才能。有一次，他还算出了教堂地面上各铺了多少块黑色和白色的正方形地砖，让人们目瞪口呆。集市上的人都叫他'算术艺术家'。

"有一天，一位富商对货币兑换商说：'我要去长途旅行。我从叙利亚和波斯买了昂贵的布匹，从印度买了香料和黄金首饰。我想把这些商品卖到山那边的勃艮第等城市，那里的人们从没见过这些东西。不过，我需要一个人帮我记账。让我把算术艺术家带走吧，等我回来之后，我会给你们两个人丰厚的报酬。'他还赠予货币兑换商 10 枚金币。于是，佩佩就跟着这位富商走了。

"这是一段漫长的旅程。富商带着十几辆满载货物的马车穿过乡村街道。当时的道路不像我们现在看到的这样，只有马车压出来的小路，天晴的时候尘土飞扬，暴雨过后则泥泞不堪。此外，富商还得雇用全副武装的骑士来护卫车队，因为那时常常有强盗出没，旅途很不安全。

"他们到的第一座城市是里昂，在今天的法国境内。他们卖出了很多昂贵的绸缎和其他品质优良的布料。里昂的居民都对这些布料赞不绝口，付给了富商很多钱。

"佩佩负责在大账本上记录收入，并保管存放金币的箱子。富商教他将每笔买卖记录两次，这样可以记得更清楚。这个方法叫作**复式记账法**，是一位名叫卢卡·帕乔利的意大利数学家发明的。这个方法一直沿用至今……"

"为什么要记两遍？"吉安娜好奇地问道，"记一遍还不够吗？"

"这样，业务往来的过程就一目了然了。你们记过账吗？"

"当然。"吉安娜说着，拿出她的本子，翻到第一页给施密茨先生看。

"已经很棒了。只要稍做调整，这种方法就和复式记账法差不多了。"

4

施密茨先生拿起一支铅笔，在本子第二页画了一条横线和一条竖线，看起来像一个大大的字母 T。然后，他在横线上方左边写下"借"，在竖线左边写下"库存现金"几个字，并在后面写上了相应的金额，在横线上方右边写下"贷"。他解释道："这是小矮人公司到目前为止的营业收入。今天，你们安装电脑又收入 20 元……"

"20 元！太感谢了！"菲利克斯惊呼道。

"别高兴得太早。我付 20 元钱是有条件的——以后，我的电脑就由你们负责维护了。"

施密茨先生边说边在本子上继续写，写完后，本子上的这一页看起来是下面这样的。

借			贷
库存现金	264.70		
收入	20.00	余额	284.70

"你们发现什么了吗？"施密茨先生问道。

"左右两边的金额是相等的。"菲利克斯回答道，"而且，您把收入和库存现金写在'借'这边，然后在'贷'那边把二者的和写了下来。"

"完全正确，这就是**记账**。用这种方式记录下来的就是账目。只有左边和右边的金额相等，账目才是'做平'了的。

"需要注意的是，'借'和'贷'的金额必须保持相等，如果哪边不够，就需要补上。比如今天，你们收入了 20 元钱，没有支出，那么需要先在左边写下收入的金额，然后在右边写下左边项目相加后的金额，这个金额就叫作余额。正如你们看到的，你们拥有多少钱，写在'借'下面；你们剩余多少钱，写在'贷'下面。一旦你们支出的钱多于拥有的钱，你们就负债了。"

"您这么一说，听起来就简单多了。"吉安娜说道。

"确实很简单。所以各个公司至今仍然用这种方法记账。你们如果学会这种记账方法，掌握的经济学知识就又增加了。"

"复式记账法给故事中的佩佩带来了什么？"菲利克斯问道。

"这种记账方法使他能够随时掌握收入和支出的情况。对你们来说，总有一天你们不会再把钱放在鞋盒里，而是去银行开一个账户。"

"我们正有这样的打算。"吉安娜点了点头。

"如果你们从账户上取出 200 元钱，那么账目就是下面这样的。

借		贷	
账户	284.70	支取	200.00
		余额	84.70

"这里的余额相当于鞋盒里还有多少钱。同时又产生了一个新的账户——支出账户。这个账户的账目是下面这样的。

借		贷	
账户	200.00	余额	200.00

"也就是说，这 200 元钱被记录了两次。复式记账法会使你们严格遵守记账规则。你们必须清楚地记录每一笔钱都被用到了哪里。佩佩也是这样，对于香料库存、员工工资、食品支出等，他都分门别类地记账。所以他对这个富商的收入和支出了如指掌，比富商的竞争对手对富商的了解要全面得多。"

5

施密茨先生继续讲了下去："后来，富商一行人到了法兰克福，卖掉了剩余的所有货物，支付了骑士沿途护卫的费用，启程返回。他们把装满钱币的沉甸甸的橡木箱子放在马车上。

"'没有护卫的保护，返回热那亚不会遇到危险吗？'佩佩问道。

"'不用担心，'富商回答道，'人们不会看到我们的马车上有多少钱。而且我还有武器。'说着，富商指了指他的佩剑。

"就这样，他们走了很多天。有一天，他们来到了一片树林的深处。天开始下起雨，小路很快就变得泥泞不堪。无论车夫怎么鞭打，拉车的两匹马都跑得很慢。天色暗了下来，马车陷入一条沟壑里，彻底停滞不前。淤泥已经没过车轴，车轮深深地陷在里面。富商、佩佩和车夫点燃了火把，找了一块上部突出的岩石，到它下面去避雨。

　　"他们等了一个小时，雨还是没有停。突然，灌木丛中冒出五个彪形大汉，他们被包围了。这一切发生得实在太突然了，他们根本没有时间去拿武器反抗。这五个强盗戴着五颜六色的帽子，满脸胡须，手中握着刀剑。

　　"个头最高的强盗凶狠地问道：'这个箱子里装着什么？'

　　"'把你的手拿开！'富商大吼道。他正想把剑拔出来，强盗就拿武器抵住了他。他绝望地意识到，此时任何反抗都是徒劳的。

　　"强盗们把箱子抬下了马车。他们的首领沉着脸，威胁道：'你们给我听好了，这片树林是我们的！'说完，强盗们抬着箱子，消失在树林里。

　　"'富商、佩佩和车夫茫然无措地瘫坐在地上。幸好，佩佩的口袋里还有爸爸给他的那枚金币，这样他们在返回热那亚的途中还可以买点儿食物和马饲料。那天晚上，佩佩突然对富商说：'其实带着这么多钱走在荒郊野外是一件很愚蠢的事情，您看，钱最终还是被抢走了。'

　　"'你说得没错，'，富商叹了口气，'但这就是商人的生活。我们在里昂挣了钱，需要回到热那亚去花。这样一来，我们就必须把钱带回热那亚。'

　　"'倒也不一定，'佩佩说，'就算不把这些钱原原本本地带回去，我们在热那亚也和在里昂一样有钱。'

　　"'但我们拥有的是里昂的货币，而不是热那亚的。'

"'很简单，我们可以把货币拿到里昂的货币兑换商那里，让他们在羊皮纸上签字，确认收到了我们的钱。然后，我们可以把这张羊皮纸拿到热那亚的货币兑换商那里，如数取出我们的钱。'

"'可是，热那亚的货币兑换商怎么知道，他可以把这张羊皮纸兑换成钱呢？'

"'所以，里昂和热那亚的货币兑换商必须合作。这就需要从里昂运送一些里昂的货币到热那亚。不过，您难道不觉得这种做法不切实际吗？'

"富商思索了一会儿，然后激动地用大手拍了拍佩佩的后背，说道：'孩子，你想出了一个非常棒的主意！我们以后不用再运钱了，只要带着羊皮纸就可以了！太棒了，这个主意能让我们发大财！'

"回到热那亚，富商马上去找货币兑换商商量此事。当所有货币兑换商都听明白之后，他们决定一起成立一家银行。他们把富商所说的羊皮纸称作纸币，在里昂成立了第一家分行，佩佩理所应当地成了分行的管理者。这就是笨男孩佩佩的故事。"

6

施密茨先生靠在椅背上，抓了一大把爆米花放进嘴里。

"这个故事是真的吗？"菲利克斯问道。

　　"我无法确定这样一个男孩是否真实存在，毕竟这个故事是我刚刚编出来的，但其中很多内容都是真实的，比如，第一个货币兑换商确实出现在意大利。"

　　"故事里，如果银行无法将羊皮纸兑换成真金白银，就会破产吗？"彼得问道。

　　"不会到这一步。"施密茨先生说道，"当佩佩发明纸币时，上面就写着承诺，纸币的持有者必须拥有一定数量的金币或银币。现在，金币和银币早已不再流通，因为纸币本身就相当于承诺。一般只有国家银行才可以发行纸币，比如欧洲中央银行。"

　　"但是纸币也有可能被偷走。"彼得说道。

　　"确实存在这个问题，罪犯在过去的几百年里也发现了这一点……"

经济学小词典

资产：用于公司生产和经营活动的所有东西，包括机器、房产、现金等。

后文中，菲利克斯和朋友们发现的金币，以及他们后来购买的股票都属于小矮人公司的资产。菲利克斯和父母住的房子属于布鲁姆家的资产。资产还可以是一件有价值的艺术品或者一辆汽车。

欧洲中央银行：负责欧盟欧元区的金融及货币政策，并发行欧元的金融机构。理事会是欧洲中央银行主要的决策机构，它最重要的职能是调整利率。通过调整利率，欧洲中央银行可以间接控制通货膨胀率，调节经济运行。欧洲中央银行高度独立，原则上不接受任何欧盟机构和成员国政府的指示。

通货膨胀：指货币的发行量超过实际需求，从而造成货币贬值，物价持续、普遍上涨的现象。简单来说，流通的货币数量增加了，但是商品的数量却没有同时增加，所以货币的价值变低，物价上涨。轻微通货膨胀是正常的。通货膨胀率以百分比来表示，如通货膨胀率为 1.5%，意味着原本 100 元的商品价格会涨到101.5 元。

复式记账法：对每笔交易都按相等金额，在两个账户中相互对应进行登记的记账方法。常见的复式记账法包括借贷记账法、增减记账法和收付记账法等。复式记账法的发明者是意大利数学家卢卡·帕乔利（1445—1514）。不过，这种记账方法可能很早就在意大利和阿拉伯地区为人所熟知了。

记账： 记录公司所有经济活动的行为。通过记账，人们可以准确了解公司的收支情况，并根据收支情况计算成本，制定商品的价格。

06

在草地上打了一架

只有把对财富的渴望深深印在脑海里，
才会产生奇思妙想。

1

云销雨霁，潮湿的土地在阳光下冒着热气，菲利克斯和小伙伴们决定给自己放一天假。上午，他们泡在泳池里。下午，他们去了溪边。晚上，当菲利克斯回到家时，妈妈已经给小矮人公司接了两笔新订单。一位女士打电话来说，她腿脚不便，希望有人帮她遛狗、买东西。除此之外，肖乐家想找人修剪草坪。由于菲利克斯怕狗，所以由他去修剪草坪，彼得和吉安娜负责遛狗和买东西。

肖乐家的花园大门十分气派。高大的铁栏杆和茂密的树篱后面，一座别墅立在一块巨大的空地上。菲利克斯把自行车锁好之后，按响了大门的门铃，花园大门像有魔法一样自动打开了。通往别墅的路上，砾石在他脚下嘎吱作响。他又按响了别墅门铃。门开了，菲利克斯大吃一惊：站在他面前的不是别人，正是班里的花花公子凯伊·肖乐。

"我可真笨！"菲利克斯敲了一下自己的脑袋，"我为什么没注意到这个名字？这个小镇上根本没有多少姓肖乐的人！"

凯伊是菲利克斯唯一真正讨厌的人。此时，凯伊穿着厚底运动鞋，反戴着棒球帽，冲菲利克斯咧嘴一笑。菲利克斯感觉自己气得耳根子都红了。

"哈哈，原来是小矮人公司的人，"凯伊热情地跟菲利克斯打招呼，"我爸爸看到你肯定很高兴，可惜他现在还没到家，他让我先跟你交代一下。"

菲利克斯大为恼火，但他还能怎么样呢？他只能从车库里拖出割草机，十分嫉妒地看了一眼用帆布盖着的皮划艇。

凯伊双臂交叉抱在胸前，打量着菲利克斯。菲利克斯正要启动割草机，凯伊就警告他："我可告诉你，干得仔细点儿。"

然后，凯伊慢慢走到露台，悠闲地坐在椅子上。看来，这个花花公子打算看着菲利克斯干活。事后，菲利克斯问自己，为什么不在门打开的那一刻转身走人呢？是对金钱的渴望驱使他继续工作，还是因为懦弱？

菲利克斯咬了咬牙，假装自己独自一人在花园里。干完活，他把割草机推回车库，想拿到他的5元钱报酬。

“让我看看活儿干得怎么样，干得好才能得到报酬。”说完，凯伊在草坪上走来走去，不时冒出一句：“这边剪得一点儿也不认真呀。灌木丛周围的草坪还需要重新剪。剪成这样，根本不值 5 元钱。”他从口袋里掏出一枚硬币，扔到地上。

菲利克斯弯腰一看，那是一枚 5 角钱的硬币。他正要捡起来，凯伊用尽全力按住了他的手，菲利克斯大叫起来。

“拿着钱赶紧走，别让我再见到你！”凯伊低声威胁道，与刚才热情地与菲利克斯打招呼时判若两人。

菲利克斯忍无可忍，把凯伊扑倒在地，两人在草地上扭打起来。凯伊的妈妈连忙冲出来，对菲利克斯大声喝道：“你在干什么？快松开我儿子！再不走我就报警了！”

菲利克斯爬起来，头也不回地离开了。临走时，他听到凯伊幸灾乐祸地说道：“小矮人？哈哈，对我来说你们就是花园里的侏儒！”

菲利克斯从来没有受过这样的羞辱。更糟糕的是，他感到十分自责。

“我怎么能让自己卷入这样的事情？可惜现在为时已晚。我也不知道怎么才能找凯伊扳回一局。为什么我就不能像别的男孩那样，正常地去上学，放学后踢足球或看电视？为什么我总有奇怪的想法？变得富有——简直是无稽之谈！”他脸上火辣辣的，衬衫和裤子上沾满了草屑。

2

"太过分了！"彼得大喊道。他气得满脸通红，握紧拳头跳了起来。凯伊做的这些卑鄙事让他气愤不已。

当天下午，菲利克斯就这样衣冠不整地在溪边召开了一次董事会会议。他把这件事的来龙去脉说给两个小伙伴听。彼得越听越生气，他一遍又一遍地重复着："我们一定要做点儿什么！"

把这段被羞辱的经历一五一十地说出来让菲利克斯感觉好了一些。虽然说完，他们三个人还是不知道该做些什么。

整个暑假，他们再也没见过凯伊。只好等待合适的时机了。

3

这天，他们三个人坐在溪边，听着麻雀叽叽喳喳的叫声。突然，彼得开始在他那仿佛深不见底的工装裤口袋里掏了起来，过了一会儿，他掏出一张皱巴巴的纸。

"你们看，我在杂志上发现了这个——一年致富：成为百万富翁的秘诀。"

吉安娜不屑一顾地说："这些人都在胡说八道。"

"不要急着下结论，先看看人家是怎么写的吧。"

美国记者亚瑟·麦凯伊恩采访了世界上最富有的 500 个人。他总结道：财富始于头脑。只要有意愿，人人都可以成为百万富翁。最重要的是许下愿望——树立一个明确的目标。只把"我想变得富有"挂在嘴上是远远不够的，应当明确地说：我想挣 100 万。只有把对财富的渴望深深印在脑海里，才会产生奇思妙想。每个想变得富有的人都需要这么做。

"看完这些，你们有什么想法吗？"

"他这是让我们只想着钱。"吉安娜嗤之以鼻。

"他写的这些有点儿像是天方夜谭。"菲利克斯说道，"仿佛许个愿就可以成真。"

"你们不该取笑他。"彼得反驳道，"我觉得小矮人公司发展太慢了。现在已经放暑假了，我们还在做一些小事：修剪草坪、送面包……我们应该加快速度，才能真正像这篇文章中写的那样，变成百万富翁！"

"这有些不切实际。"菲利克斯说道。

"别气馁，"彼得给菲利克斯打气，"我们当然会变得富有。不能因为这么一次小小的打击就放弃。"

"你真的认为，许愿就可以让我们变得富有吗？"吉安娜问道。

"你们怎么不理解我呢？我想说的是，我们需要更好的想法。正如文章里说的，我们需要奇思妙想。"

"咱们去买彩票吧，我妈妈经常买。"吉安娜提议。

"她中过奖吗？"菲利克斯问道。

"上次中了 50 块钱。"

"你看，"菲利克斯说道，"如果中彩票那么简单，那全世界到处都是百万富翁了！"

这时，他突然想起一件事："吉安娜，你以前说过，想开一个养鸡场，对吧？"

"对，我差点儿忘记了。"吉安娜说道，"但我遇到了一点儿困难——我妈妈不同意。她说养鸡太脏了，冰激凌店里必须保持干净，否则顾客就不来了。"

"等等，"菲利克斯问道，"我们为什么不在施密茨先生那里养鸡呢？那里有的是地方，还有一个旧鸡舍。"

彼得吹了声口哨："你们看，菲利克斯已经想到了一个绝妙的主意。就这样决定了，在施密茨先生那里养鸡。"

"你怎么知道施密茨先生会同意？"

"为什么不同意？养鸡和吹萨克斯管不冲突，对吧？"

"我们可以试试。"

他们正要离开，吉安娜忽然有了新发现："你们看，砖厂的墙上挂着一根电线！"

彼得仔细辨认后说道："这不是电线，电线要粗得多。这是一根旧电话线。"

"这根电话线肯定已经断了很长时间了。"

"下次可以试试，看看电话能不能接通。"

"那凯伊的事怎么办？"吉安娜一边骑上自行车，一边问道。

"办法自然会有的。"彼得说道。

菲利克斯回到家时，妈妈看到他如此狼狈，吓了一跳。为了不让妈妈担心，菲利克斯找了个借口，试图糊弄过去，没想到妈妈居然相信了。

4

有时候，当你一觉醒来，问题已经迎刃而解了。

第二天，他们去了施密茨先生那里，给他讲了在凯伊家发生的事情。

"这太不可思议了。他为什么要这么做呢？"施密茨先生摇了摇头。

彼得清了清嗓子，小心翼翼地开了口："施密茨先生，我们还有一个问题。"

"孩子，想说什么就说吧！"

"您觉得鸡怎么样？"

"鸡？什么意思？"

孩子们讲起了他们的计划。施密茨先生仔仔细细地听着。有几次，他甚至被逗乐了，开怀大笑。

三个人说完后，施密茨先生爽快地说道："在我这里养鸡？亏你们想得出。可为什么不呢？虽然鸡蛋不是什么稀缺的商品，但是人人都需要它。"

"而且我们卖的是特别的鸡蛋。"菲利克斯说道。

"是散养的鸡下的蛋。"吉安娜补充道。

"你们想养多少只母鸡呢？"

"我不知道，"菲利克斯说道，"两三只吧。"

"这可不够，"吉安娜反对，"一只母鸡每天只能下一个鸡蛋，所以我们至少需要 10 只母鸡，20 只更好。"

"还要再买两只公鸡。"彼得说道。

"好，"施密茨先生点了点头，"我同意在这里建养鸡场，不过有一个条件——你们必须在鸡舍外面建栅栏，不能让鸡到处乱跑。另外，每周我要一个鸡蛋，算是你们的租金吧。"

"太棒了！"吉安娜欢呼起来，"非常感谢！"

"我会建好栅栏。"彼得保证道。

"好吧，那我就拭目以待了。对了，你们有足够的钱买鸡吗？"

菲利克斯必须承认，他还没有考虑到这一点。但吉安娜早就已经想好了："当然是用我们的现金。我已经调查过了，市场上一只小鸡 5 元，那么 20 只小鸡就是……"

"你只算了母鸡，别忘了还有两只公鸡！"

"一共 110 元。我们还需要买一袋饲料，差不多要花 10 元。"

"这样一来，我们要花一大笔钱！"菲利克斯惊呼。

"这可不是花钱，而是**投资**。我们是要靠养鸡来挣钱的。"

菲利克斯有点儿犹豫。

"你们可以仔细算一下，这件事是不是值得去做？"施密茨先生建议道。

"我们卖鸡蛋挣的钱一定要比我们买鸡和饲料花的钱多。"吉安娜说道。

"必须要多得多。如果你们把钱存在银行里，可以获得利息。按年利率 1% 算，一年里，你们养鸡获得的收入至少要超过买鸡的 110 元加上买饲料的 10 元再加上利息。一共是……"

"121.2 元。"菲利克斯说道。

"现在，你们要算一下卖鸡蛋到底能赚多少钱。散养的鸡下的鸡蛋，市场价是……"

"2 角。"吉安娜说道。

"好的。我们有 20 只母鸡，每只鸡每天下一个鸡蛋。一年 365 天，一共能得到 7300 个鸡蛋。其中 52 个鸡蛋用来支付租金，还剩 7248 个鸡蛋。每个鸡蛋卖 2 角钱，一共能卖……"

"我需要一个计算器。"菲利克斯说道。

"1449.6 元。相对于投资成本，这个**利润**已经相当高了。即使把可能的风险算进去，比如有一只母鸡某一天突然不下蛋了，**回报**也相当可观。对了，养鸡可是很辛苦的，我只提供场地，不会帮你们去做喂鸡和打扫那些事儿。"施密茨先生说道。

"您不必担心，"吉安娜信心满满地说道，"我们三个人一定可以做到！"

"你们打算去哪里卖鸡蛋呢？"

"我们可以把鸡蛋放到您店里的桌子上卖。"吉安娜说道。

"新鲜鸡蛋配音乐，可真有你们的。但是来我这里的人很少，放到里亚托冰激凌店卖怎么样？"

"我去问问妈妈，她应该不会反对。"吉安娜跃跃欲试。

5

三人正准备起身离开，菲利克斯忽然想到了一件事："您觉得买彩票怎么样？"

"彩票？那我还是宁愿养鸡。你们知道从 49 个号码中猜中全部 6 个数字的概率有多小吗？"

"不知道。"

"大约 1/13000000。"

"1/13000000？这是什么概念？"彼得问道。

"这就意味着在 1300 万张彩票中，只有一张 6 个数字全部被猜中的彩票。"

"您是怎么知道的？"

"这是一个**概率**问题。通过计算，我们可以准确得出可能性有多大。"

"准确和可能，二者有些矛盾吧？"菲利克斯问道。

"你掷过色子吗？"

"当然，在玩大富翁的时候。"

"哪个数字最常出现？"

"我不知道。彼得总是掷出 6，这要看情况。"

"如果玩的时间足够长，哪个数字出现的次数最多呢？"

"我觉得每个数字出现的次数差不多。"

"没错。色子有 6 个面和 6 个数字，1/6，这就是概率。"

"如果我们每周不是只买一张彩票，而是买 12 张呢？"吉安娜问道。

"那你们中奖的概率就变成 12/13000000，差不多 1/1000000，也是非常小的。总之，想变得富有，可不能指望彩票。"

经济学小词典

投资： 企业或个人为了获得收益而投入资金的活动。投资可以分为直接投资和间接投资。将资金直接投入企业生产经营活动的称为直接投资，将资金用于购买股票、债券等资产的称为间接投资。

利润： 企业扣除所有成本后的收入。成本包括原材料成本、工资支出、贷款利息、厂房租金等。

回报： 通过投资获得的利润。对定期存款而言，回报就是利息。对股票而言，回报就是股息与价格上涨的部分之和。回报率以百分比来表示。假设菲利克斯以每股 150 元的价格买了股票，一年后获得了 5 元的股息，股价上涨为每股 160 元，那么他的投资就获得了 15 元的回报，回报率为 10%。

概率： 表示事件发生的可能性大小的量。有些事情确定会发生，比如太阳从东边升起，那么这件事发生的概率就是 1。与之相反，有些事情不可能发生，比如水往上流，那么这件事发生的概率就是 0。许多事情发生的概率都在 0 到 1 之间，比如掷硬币时，正面朝上和反面朝上的概率都是 1/2，因为这两种情况出现的可能性一样大。然而，这并不意味着这次正面朝上，下次一定会反面朝上。不过，如果人们掷的次数足够多，就会发现硬币正面朝上和反面朝上的次数一样多。文中，施密茨先生计算买彩票时 6 个数字全都被猜中的概率，方法要复杂得多，准确的结果是 1/13983816。

07

施密茨花园养鸡场

用资产减去负债，
剩下的部分就是所有者权益。

I

令人难以置信的是，彼得很快就把修栅栏的材料都准备好了：旧篱笆上的木桩、铁丝网、大铁锤、螺丝钉以及其他工具。这些东西都堆在彼得家的加油站里。

第二天早上，菲利克斯和吉安娜来到加油站时，彼得得意地说："在加油站里什么都能找到。"

他们从瓦尔泽先生那里借了一辆小推车，把这些东西装到推车里，运到施密茨先生家。因为小推车上一下子放不下所有东西，他们不得不跑了两趟。

"你们可不要把整座花园都用栅栏围起来！"他们卸东西时，施密茨先生喊道。

"放心，我们会把栅栏修得很漂亮的。"吉安娜说道。

鸡舍有一扇供人出入的木门，木门靠近地面的地方还有一个用木板挡着的小口。

"这是供鸡出入的小门，我们要把它修好。"

说完，彼得搬来一根木桩放在地上，木桩从鸡舍指向灌木丛。沿着这个方向，他用小碎步在草丛中踩出一条小路，在灌木丛前转了90°，接着向前走了一段，然后转了90°回到鸡舍。

"我们就在这些地方建栅栏。"说着，彼得拿起一根木桩，菲利克斯用大铁锤把它深深地砸进地里。吉安娜在小门的木板上绑了一根绳子，把绳子的另一端绕在钩子上。他们把12根木桩都安好后，又把铁丝网固定在木桩上。到了傍晚，他们终于完工了。

"万事俱备，只差小鸡。"彼得说道。

"难道我们不应该把鸡舍打扫一下吗？"菲利克斯问道。

"什么？"吉安娜吃惊地说道，"不需要，鸡喜欢乱糟糟的地方。"

2

在接下来的周六，22只小鸡成了小矮人公司的财产。施密茨先生和孩子们等在乐器行门口，没过多久，就听到了嘈杂的咯咯声。

只见一辆汽车从拐角处开了过来，这是理查兹太太的敞篷卡车。

在土豆市场，菲利克斯他们从理查兹太太那里买到了这些鸡。车厢里放着一个大纸袋和两个盒子，咯咯声就是从盒子里传出来的。

"你们买的鸡都在这儿了。"她停下车，从打开的车窗里探出头，说道，"你们确定要养鸡吗？养鸡可是要做很多工作的。你们不仅每天都要喂它们，还要时不时打扫鸡舍。"

"不用担心，我们已经考虑好了。"吉安娜拍了拍胸脯。

"好吧，那我来帮你们吧。"理查兹太太帮吉安娜把装着鸡的盒子搬进了鸡舍。

"你们的鸡舍真漂亮，"理查兹太太称赞道，"真了不起。我可以放心地把我的鸡交给你们了。"

他们打开盒子，小鸡咯咯叫着，四下乱跑。它们都长着棕色的毛和红色的冠。

"它们好小啊，"菲利克斯盯着这些小鸡，有些怀疑，"会下蛋吗？"

"它们很快就会长大，然后就能下蛋了。你们需要等一两个星期。"理查兹太太说完，就离开了鸡舍。

"看啊！"彼得激动地喊道，"这里到处跑着的鸡就是我们的110元钱。"

"这里到处跑着的鸡就是我们未来的财富。"吉安娜纠正道。

"它们睡觉吗？"施密茨先生问道。

"当然，"彼得回答道，"每天早上，公鸡会打鸣叫醒母鸡。"

"但愿公鸡不要太早打鸣。你们想不想一边吃爆米花一边欣赏你们的财富？"

所有人一致赞同。大家一起坐到花园中央的大樱桃树下的桌子旁。天气格外晴朗，施密茨先生把他的工作带到花园里来做。树荫下摆着乐谱架，桌子上铺着乐谱，乐谱旁边还放着一根单簧管。

施密茨先生离开花园时，吉安娜从口袋里拿出本子，翻开新的一页。

"我们有了新的支出，需要记账。"

新账目是下面这样的。

借		贷	
账户	284.70	鸡	110.00
		饲料	10.00
		余额	164.70

"非常棒。"施密茨先生拿着一袋爆米花和一瓶矿泉水回来了，"但这些不是全部，因为你们现在有资产了。"

"资产？"

"是的，你们把一部分钱用来投资了。单从吉安娜的账目来看，你们可能会觉得公司变穷了，但事实并非如此。"

"希望您说的是对的。"菲利克斯说道。

"你们的母鸡会下蛋，所以你们的投资会得到回报。现在，你们的资产包括库存现金、鸡和饲料，这些都可以记在账目里。"他拿起吉安娜的本子，画了一张新表格。

鸡	110.00
饲料	10.00
库存现金	164.70
	284.70

"好像右边少了点儿什么。"吉安娜说道。

"确实。左边记录了你们拥有的资产，它们会给你们带来经济利益，右边记录你们的债务。现在你们没有任何债务，所以情况就非常简单了：资产扣除负债，剩下的部分就是**所有者权益**，这部分归你们自己所有。你们可以这样记录。

资产		负债 + 所有者权益	
鸡	110.00	所有者权益	284.70
饲料	10.00		
库存现金	164.70		
	284.70		284.70

"你们看，现在左右两边的金额相等，是符合规则的。"

"这两个词——资产和负债是什么意思呢？"菲利克斯问道。

"这些都是经济学术语。资产指公司拥有的所有财产，对你们来说，就是你们的鸡、饲料和现金。负债可以看出钱花在什么地方。这张表就叫作**资产负债表**。

"资产负债表展现了一家公司的资产情况，表中左右两边的金额必须相等。所有公司都会制作资产负债表。通过这张表，人们可以看出公司的经营状况是好是坏。"施密茨先生靠在椅背上，嘴里塞满了爆米花。

菲利克斯伸了个懒腰，他觉得他们今天又向前迈出了一大步。他也抓了一大把爆米花，一边嚼一边听着鸡叫声。

3

这些鸡已经适应了新环境，贪婪地啄食着吉安娜撒在地上的谷粒。这时，菲利克斯注意到被随意放在乐谱上的单簧管，他用指尖轻抚闪闪发光的银色哨片。

"是不是很漂亮？"施密茨先生小心翼翼地把单簧管拿起来，"这是我上周新收购的，它是一个老太太的遗物。这根单簧管应该有80年的历史了，它能保存得如此完好，真不可思议。你想试试吗？"说着，施密茨先生把单簧管递给菲利克斯，指着乐谱架，架子上用两个衣夹固定着两页乐谱。

"德彪西的《小黑人》。你会吹吗？"施密茨先生问道。

菲利克斯把单簧管放到嘴边。他闻到一种陌生而陈旧的气味，像是蜡烛和油泥散发出的。吹嘴也和他自己的单簧管的完全不一样。把手指放到按键上时，菲利克斯愣住了。

"这些按键的位置不对。"

"这是一根捷克单簧管，钻孔方式和按键顺序与你那根德国单簧管有所不同。虽然用这根单簧管演奏有些难，但它特别适合演奏爵士乐。"

施密茨先生拿起单簧管，像施展魔法一样，用这件古老的乐器演奏出一首美妙的乐曲。

菲利克斯情不自禁地沉醉其中："没想到，用这么古老的乐器还可以演奏出爵士乐。"

他再次拿起单簧管，满怀好奇地欣赏着。然后，他走回桌旁，想把这件珍贵的乐器放回去，却被一把椅子绊了个趔趄。他本能地把单簧管高高举过头顶，整个人重重摔倒了。桌子翻了，乐谱、爆米花和装单簧管的盒子全都掉在了地上。

"没事吧？"施密茨先生连忙从菲利克斯手里把单簧管接过来，把他扶起来。

"对不起。"

"别担心，乐器完好无损。"

菲利克斯把乐谱捡起来，又去捡装单簧管的盒子。突然，他惊呼一声。

　　这个旧盒子摔坏了，盒子里红色天鹅绒的内衬掉了出来，露出了盒子底部的报纸。这张报纸被小心翼翼地用图钉在盒子的四角固定住，报纸的边缘已经泛黄了，中间却还是崭新的，就像是刚刚印刷出来的一样。这应该是一份很多年前的旧报纸，因为标题的字体是很久以前才会使用的。

　　施密茨先生轻轻吹了声口哨，说道："真令人难以置信。把图钉拔出来，看看到底是怎么回事吧。"他递给菲利克斯一把螺丝刀。图钉很快就被拔了出来，躺在报纸下面的，是一张浅蓝色的印花纸。菲利克斯并没有看出它有什么特别之处，正要把它取出来时，施密茨先生却惊呼道："这简直太不可思议了！"

　　施密茨先生小心翼翼地用指尖把它捏出来，读出上面的文字："南德意志机械制造**股份有限公司**——1000 马克股份。"

　　"这是什么意思？"吉安娜问道。

　　"你们接着听：'此股票的拥有者出资 1000 马克，参股南德意志机械制造股份有限公司。'这是一张**股票**。但是它为什么要被藏起来呢？还藏在这么一个特别的地方。"

　　"有人在鞋盒里藏东西，就有人在装单簧管的盒子里藏东西。"彼得狡黠一笑。

　　"咦？这里还有东西。"施密茨先生把股票拿出来，下面又出现一张纸，上面写着几行字。

取款凭证

持有者编号为 016897。

持有者可领取 1923 年的收益。

"下面还有好几张这种凭证，年份一直到 1932 年。也就是说，这个持有者从来没有领取过他的收益。这就奇怪了。"施密茨先生接着说道。

"股票究竟是什么？"菲利克斯问道。

"股票就是股份公司发给股东的书面凭证。股东——也就是拥有股票的人，拥有这家公司的一部分股份。股票可以买卖，但这个股票持有者却没有这么做，而是把它们藏了起来，甚至从来没有取过收益。太奇怪了。"

"那这些股票现在没有价值了吧？"

"我不知道。等等，这下面还有东西。"

盒子底部还有一张白色的软布，看起来就像医用纱布。这张软布表面有很多小小的圆形凸起，就像有人在纱布里缝了纽扣。

"谁有小刀？"施密茨先生问道。

菲利克斯拿出小刀，划开软布。没想到，一堆金币出现在他们眼前！

"宝藏！"彼得惊呼。

"真的是宝藏！"施密茨先生大喜过望，"这是瑞士的金币。怪不得我之前一直觉得这个盒子比别的盒子沉。"

菲利克斯紧紧盯着那些金币。金币中间刻着"1 法郎",边缘布满呈放射状的花纹。毫无疑问,这就是金币,真正的金币,而且是他无意间发现的。

然而,菲利克斯心里有一个声音响起:这和我有什么关系?这是施密茨先生的单簧管,金币当然属于他。

"看来,许愿还是有用的。"吉安娜盯着这些金币,喃喃自语道。

施密茨先生也盯着这些金币。"一共 72 枚!也许是一位单簧管演奏家把他的钱财藏在了这里。可是他为什么要这么做呢?为什么他没有把钱从盒子里取出来?后来那位老太太也没把钱取出来?这背后一定藏着秘密。"

"也许这位单簧管演奏家是个强盗,老太太对这笔钱不知情。"菲利克斯推测道。

"我不这么认为。强盗可不会把金币藏到装单簧管的盒子里。而且,单簧管演奏家也不可能是强盗。"

"我们现在面临一个亟待解决的问题——这些金币究竟应该属于谁?"施密茨先生环视四周,继续说道,"一方面,这些金币是在我的单簧管盒子里发现的;另一方面,是菲利克斯发现了这些金币。"

"我哥哥说过,谁找到就归谁!"彼得喊道。

"它们有没有可能属于卖给施密茨先生单簧管的人?"吉安娜说道,"也许他也不知道盒子里有这么多金币。"

"他应该自己好好检查。"彼得说，"这不是我们的责任。"

4

施密茨先生若有所思。过了一会儿，他提议道："我认为，金币应该归你们所有，毕竟它们是菲利克斯发现的。不过，金币是在我这里发现的，所以我对于你们如何处理这笔财富也有一定的发言权。如果只是随意挥霍，那无疑是一种浪费，你们同意吗？"

三个孩子红着脸坐在那里，一言不发。

"还有一点，"施密茨先生补充道，"如果你们以后真的变得富有了，可得请我吃大餐。"

"一言为定！"吉安娜一口答应。

作为发现这些金币的人，菲利克斯觉得自己应该说点儿什么，比如"谢谢您施密茨先生，我们同意"。他甚至觉得自己应该郑重地和施密茨先生握握手。但只是想想这个场面，菲利克斯就觉得很尴尬，所以他坐在那里没有动。

"看来，我们的愿望成真了。"吉安娜感慨道。

"我们现在该怎么处理这些金币呢？"彼得问道。

"周一你们先去银行找一下费舍尔先生，问问他这些金币值多少钱，然后我们想想接下来怎么做。"

"好的。"说完，菲利克斯小心翼翼地用软布把金币包起来。

和施密茨先生告别时，吉安娜郑重地道谢："谢谢您，施密茨先生。如果我们真的变富有了，一定会好好报答您，可不是请您吃顿饭这么简单。"

施密茨先生有点儿难为情地笑了："我期待这一天早点儿到来，不过你们也不用着急。对了，别忘了喂你们的鸡。"

吉安娜向鸡舍扔了满满两把谷物。然后，这三个幸运儿晕晕乎乎地回家了。

经济学小词典

所有者权益：企业的资产扣除负债后，由所有者享有的剩余权益。

资产负债表：反映一个公司在某个特定时间资产、负债和所有者权益的财务报表。

文中，吉安娜每隔一段时间就会制作一张新的资产负债表，然而，这在现实生活中并不常见，因为频繁制作资产负债表会耗费过多时间和精力。资产负债表通常以 T 字图的形式呈现，资产写在左边，负债和所有者权益写在右边。资产负债表左右两边的累计金额必须相等。如果累计金额不相等，就视为计算错误。

文中普尔普造纸厂的资产负债表是下面这样的。

普尔普造纸厂资产负债表　12 月 31 日

资产		负债 + 所有者权益	
固定资产：工厂和机器	2 亿	所有者权益	1.5 亿
流动资产：木材、纸张、		贷款	10.5 亿
股票、现金	9 亿		
亏损	1 亿		
	__12 亿__		__12 亿__

高额亏损表明，普尔普造纸厂的经营遇到了很大困难。

股份有限公司：由承担有限责任的股东出资成立的公司。

股票：股份公司发给股东的书面凭证，证明股东拥有股份并有权获得股息。股票的真正价值受公司经营状况的影响，可能会出现很大的波动。股票的实际价值通常高于票面价值。如果公司有盈利，股东将获得股票的利息，即股息。

08

小裁缝的淘金梦

从长远来看，购买股票的人通常会赚得更多。
高风险，高回报。

I

菲利克斯一路不停地骑到溪边。他从自行车上下来，一屁股坐在草地上。他脸涨得通红，闭上眼睛，又睁开。

从昨天开始，属于他的那些金币就放在床头柜的抽屉里。他反复对自己说"我现在变得富有了"，可是竟然没有体会到一丝一毫想象中的满足感。他觉得，这就像提前收到了生日礼物，对礼物的那种期待的心情在生日到来前就消失了。

菲利克斯不断地提醒自己，不能因为有了这笔财富就止步不前，小矮人公司还要继续经营下去。该怎么使用这笔财富呢?

"我们不能把这件事告诉别人，"吉安娜说道，"这太危险了。"

"如果明天我们去找费舍尔先生，我爸爸很快就会知道了。"菲利克斯说道。

"那就糟了，"彼得叹了口气，"你爸爸只会让我们把钱省下来。"

"你们觉得我们应该保守这个秘密吗？"吉安娜问道。

"也许我们可以把金币埋起来，"彼得提议，"就埋在砖厂里。"

"让老贝克尔找到它们？想都别想！"吉安娜连忙反对，"不如我们一直把金币藏在菲利克斯家？毕竟是他发现了金币。"

"我觉得我们应该用这些金币做些什么，"菲利克斯若有所思，"它们总不能一直放在我的床头柜里。我们可以把这些金币卖掉，让它们发挥作用。"

"你想卖掉我们的金币？"彼得喊道。

吉安娜也不同意："这些金币在箱子里藏了那么多年，就这么被卖掉，我觉得不太好。"

"但是现在这样，这些金币并不能给我们带来任何收益！"

"别在乎什么收益了！"吉安娜喊道，"我们现在有金币了，你懂吗？金币！我们不能草率地出手，金子可是很值钱的，在遇到困难时还能救急。"

"那如果没有遇到困难呢？"

他们就这样你一言我一语地议论着，直到彼得灵机一动，大声说道："我有个主意，我们可以把金币放在保险箱里！"

"保险箱？"吉安娜问道，"那是什么？"

"就是银行里专供人们储存贵重物品的箱子。我们把金币存进去之后，就会得到一把钥匙，可以随时打开保险箱查看。这样一来，我们的金币就安全了。只要我们不跟其他人谈起此事，就不会有人知道。"

"好吧……"菲利克斯并没有完全被说服，但是因为他和吉安娜都想不出更好的主意，只好听彼得的了。正当他们准备离开时，彼得随身背着的包引起了菲利克斯的注意。

"你这包里装的是什么啊？"菲利克斯问道。

"光顾着说金币了，差点儿把这件事给忘了。"说着，彼得打开包，拿出一部灰色的电话。

"这是我从哥哥那儿弄来的。"彼得说道，"厉害吧？"

"太棒了！"菲利克斯赞叹道。

"还有别的呢。"说完，彼得又从包里掏出一把螺丝刀。

"你会安装吗？"吉安娜问道。

"看好了！"说着，彼得开始捣鼓墙上的电话线。过了一会儿，他把电话线插进插孔里，拿起听筒放在耳边，大喊："成功啦！"他把听筒递给吉安娜，吉安娜又递给菲利克斯。等他们确认听筒里听到的是正常的声音之后，彼得把听筒拿回来，拨了一个号码，几秒钟之后又迅速挂断了电话。

"打不通吗？"菲利克斯问道。

"通了，是我妈妈接的。"

"那你为什么这么快就挂了电话？"

"她只会让我赶紧回家。"

"真不可思议，"吉安娜感慨道，"我们有金币，有鸡，现在甚至可以打电话！"

2

"我们需要一个保险箱。"菲利克斯说。

费舍尔先生站在银行柜台后，一时不知说什么才好。

"没错，一个保险箱。"彼得重复道。

"保险箱？你们要租一个保险箱？用来放什么呢？"

"我们有一些金币，想把它们安全地存起来。"

费舍尔先生这才恢复了常态："我不知道这样行不行，你们还是孩子。"

"肯定可以。这是我们自己的金币，不信您可以去问施密茨先生。"彼得理直气壮地说道。

费舍尔先生摇着头，走进银行大厅后面的办公室里，不一会儿，他又摇着头回来了。

"我打电话确认过了，施密茨先生说没问题。这太令人惊讶了……好吧，你们跟我来。"费舍尔先生带着他们穿过银行大厅，向后面走去。他们通过一扇厚厚的钢板门，进入一间没有窗户的房间。靠墙的柜子上有很多小格子，它们看起来很像信箱。

"这就是保险柜，"说着，费舍尔先生拿出一把钥匙，打开了其中一个保险箱，"这是一个空保险箱，你们把想存放的东西放进去吧。只要不是易燃易爆物品，或是通过非法交易获得的贵重物品，存放什么都可以。每年的租金是 35 元。"

"这可比鞋盒好多了。"菲利克斯说道。

"那是当然。我可以冒昧地问一下你们有多少金币吗？你们也可以不回答，但我还是很好奇。"

菲利克斯拿出了那个白色小布包，在费舍尔先生面前打开："一共 72 枚。"

"天哪！"费舍尔先生惊叹道。

"您知道这些金币值多少钱吗？"

"请稍等。"

费舍尔先生从柜台拿来纸和计算器，一边算一边说："一枚金币现在可以卖 195 元，乘以 72 就是……14040 元，扣除 20% 的手续费，银行可以付给你们 11232 元。"

"但我们不想卖。"彼得连忙拒绝。

"我知道，你们只是想租一个保险箱。不过我建议你们把金币卖掉，这样你们就能得到一大笔钱，还不需要支付租保险箱的费用。你不是想变得富有吗，菲利克斯？"

菲利克斯的脸又红了。

"但我们还是不想卖，"吉安娜再次拒绝道，"富人都有金子。"

他们小心翼翼地把金币放进保险箱锁了起来，然后离开了银行。

3

幸运的是，他们养的鸡很喜欢施密茨先生的花园。它们不再咯咯叫着到处乱跑，而是惬意地啄着吉安娜喂给它们的谷粒。

"我去看看它们有没有下蛋。"彼得迫不及待地想看看。

"还不到时候呢。"吉安娜摇了摇头。

这时，施密茨先生来到花园里，和他们打招呼。

"嗨，你们的金币怎么样啦？"

菲利克斯他们一五一十地说了租保险箱的事情，以及费舍尔先生给他们的建议。

"费舍尔先生说的有几分道理。黄金虽好，但放在手里也没什么价值。"

"为什么人们都对黄金这么痴迷？"菲利克斯不解地问道。

"因为数千年来，黄金都是财富的象征。你们知道吗？我突然想起来一个故事，可以讲给你们听。"

"又是那个热那亚裁缝的故事吗？"吉安娜撇了撇嘴。

"确实关于裁缝，不过是另一个裁缝。等一下，我先去把通往店里的门打开，这样我就可以听见店里的铃声了。"

施密茨先生回来时，手里端着果汁，拿着爆米花。他把这些放在花园里的桌子上，请孩子们一边享用，一边听他讲故事。

"像我刚才说的那样，这是一个关于裁缝的故事。和我讲的第一个故事不同的是，这个故事是真实的，至少绝大部分内容是真实的。

"这个年轻的裁缝生活在 100 多年前的布滕海姆——德国巴伐利亚州的一座小城。18 岁时，他决定移民去美国，因为他听说有人在加利福尼亚发现了很多金子。那时，美国西部出现了一股淘金热，来自世界各地的年轻人成群结队地涌向美国西海岸。

"这个裁缝带上所有的积蓄，登上了去往美国的船。他在纽约上了岸，然后踏上通往西海岸的艰苦旅程。他需要先骑驴穿过美国中部，然后再乘船前往旧金山。他为数不多的财产只有他的缝纫工具和一大捆帆布，他希望这些能派上点儿用场。历尽千辛万苦到达旧金山时，他又累又饿，身无分文，为接下来该怎么办而发愁。

"就在这时，一个满脸胡须的人坐到了他旁边。

"'嗨，你也是来碰运气的吗？'他问道。

"'是的，'裁缝回答道，'你能告诉我，要想去萨克拉门托，就是那个发现黄金的地方，哪条路最好走吗？'

"'我刚从萨克拉门托回来，'大胡子摸了摸自己的胡子，继续说道：'听我一句劝，千万别去。那里淘金的人实在太多了，但根本没有那么多黄金。等我攒下一点儿钱，就再也不会去那个是非之地。对了，你这捆帆布看起来很不错，可以用来做结实又漂亮的裤子。你给我做一条裤子吧，我付你 2 元。'

"裁缝接到这个订单，十分开心，第二天一大早就开始做裤子。

"两天后，大胡子来取裤子，并如约支付了 2 元。这对裁缝来说无疑是雪中送炭，他终于有了一点儿钱。一周后，他又遇到了大胡子。

"'我还需要几条裤子。好多人都问我，这么棒的裤子是从哪里买的。你能做多少条就做多少条，每条裤子我付你 3 元。'

"裁缝用剩余的帆布又做了 5 条裤子。他以每条 3 元的价格卖给大胡子 4 条裤子，为了感谢大胡子，他把剩下那条裤子免费送给了大胡子。之后，他用赚到的钱买了新的帆布，租了一个作坊。这个作坊很快发展成一个工厂，之后变成了一家大公司，直到今天依然存在。这个年轻的裁缝叫李维斯，他发明的裤子叫……"

"牛仔裤！"吉安娜抢答道。

"没错，李维斯发明了至今仍有很多人都在穿的牛仔裤，他也因此变得十分富有。假如他当年加入淘金者的行列，可能就会像一个可怜的苦力一样死去，不会有人记得他的名字。"

"更不会变得富有。"彼得说道。

"这个故事还说明，财富很少来自黄金，因为当时几乎没有一个淘金者最终成为富翁。"

"那我们现在该怎么办呢？"吉安娜问道。

"你们已经做了不少事情了。你们进行了投资，拥有了资产。不过，你们应该让自己的财富真正发挥作用，比如买一些股票。"

"我们不是已经有一张股票了吗？"菲利克斯问道。

"我的意思是买现在还在运营的公司的股票，在**证券交易所**里可以进行交易的股票。"

"什么是证券交易所？"彼得问道。

"证券交易所是交易股票和其他证券的场所。"施密茨先生翻开《大众报》的一个版面，继续说道，"你们看，这是菲利克斯的爸爸今天写的。"

证券交易所一周看点

作者：吉尔德·布鲁姆

全球股市风起云涌，许多投资者都难免感到迷茫。他们想进入股市，却不知现在时机是否合适。不用担心，所有专家对这个问题的回答都十分明确——股市前景光明。近期，通货膨胀率和利率都保持在较低水平。在过去的几周里，**机构投资者**盈利丰厚，市场流动性水平高，人们都在寻找投资的机会。如果想实现资产增值，现在无须过分担忧风险。如果犹豫不决，你可能会后悔。

4

"我没看懂。爸爸写的这些是什么意思？"菲利克斯疑惑地问道。

"意思是说，大公司经营得很好，也获取了很高的利润。很多有钱人想分一杯羹，于是购买大公司的股票，期望他们的钱能在这些公司获得收益。"

"我们的金币也要获得收益！"彼得爽朗地笑了起来。

"如果对股票的需求增加，股价就会上涨。这对那些已经持有股票的人来说无疑是一件好事。不过，其他仍然想购买股票的人不应该被吓到，因为股价还会持续走高，至少你爸爸是这么认为的，菲利克斯。"

"那股票有利息吗？"菲利克斯又问道。

"这些公司会将一部分利润分给股东，这就是所谓的**股息**。不过，人们事先往往不知道自己会得到多少股息，因为公司可能会遇到许多风险，比如小矮人公司要承担不是所有母鸡都正常下蛋的风险。类似的风险在大公司里也存在。"

"那我们宁可要存款利息，这样更保险。

"那你们就需要去银行开一个账户。"

"可是定期存款的利率太低了。"

"还有一个办法。你们可以把钱借给国家一段时间，也就是购买**债券**。这样一来，你们每年也可以获得一笔利息，而且债券的利率通常比定期存款的高。但是从长远来看，购买股票的人通常会赚得更多。高风险，高回报。"

"但是股价也会下跌，不是吗？"

"是的。但谁要想万无一失，就很难变得富有。你们看，"说着，施密茨先生翻开《大众报》，给他们看满是数字的那一版，"在这里，我们可以看到上周五在法兰克福证券交易所进行交易的股票的**行情**。这些数字看起来很复杂，其实并非如此。你们看这一行。"

菲利克斯读了出来："飞翼 25.70。下一行写着 25.55。"

"你们有谁知道飞翼是什么吗？"

"是一家航空公司。"

"不错。这些数字意味着，上周五，飞翼公司的股价为每股 25 元 7 角，而在上周四，它的股价为每股 25 元 5 角 5 分。"

"你们看！"菲利克斯喊道，"这里还有普尔普造纸厂，它的股价变低了。周五每股只有 17 元 8 角，而周四还是每股 19 元 8 角呢！"

"确实，看来普尔普造纸厂的情况不妙。如果一家公司的股票在市场上不断贬值，那么这无疑是一个警示信号。"

"也许和死鱼有关。"菲利克斯说道。

"有可能。对了，我后天正好要去法兰克福看我的女儿莎拉，你们可以跟我一起去，顺便参观一下证券交易所，然后再冷静考虑怎么投资。怎么样？"

"太棒了！"彼得欢呼道。

"好，那你们去问问各自的父母吧，如果他们同意，我们就在下周三早上出发。现在你们有了金币，再来整理一下账目吧。"

吉安娜拿出她的本子，画好横线和竖线，把它递给施密茨先生。

"费舍尔先生说金币值多少钱？"

"11232 元。但这是扣除了手续费之后剩余的部分，它们本身的价值会更高一些。"菲利克斯答道。

"那我们就取低值。因为对你们来说，到手的钱才能体现金币的价值。"说着，施密茨先生在本子上画了一张新的表格。

小矮人公司资产负债表　6 月 23 日

资产		负债 + 所有者权益
金币	11232.00	所有者权益
鸡	110.00	284.70
饲料	10.00	+11232.00
库存现金	164.70	
	11516.70	11516.70

"现在，一切都一目了然了，"施密茨先生欣慰地说道，"小矮人公司的资产真是有了可观的增加呀。"

经济学小词典

证券交易所：进行证券交易的场所。最早的证券交易所于 1613 年在荷兰设立。如今，纽约和伦敦的证券交易所规模较大，著名的纽约证券交易所位于纽约的华尔街。其他重要的证券交易所位于东京、法兰克福、苏黎世和香港等地。

在第 9 章，菲利克斯和伙伴们是在证券交易所大厅里进行的交易，这就是所谓的场内交易。除了场内交易，通过电脑进行线上交易也是一种重要的交易方式，很多证券交易所已经完全取消了场内交易，比如 2021 年，法兰克福证券交易所暂停场内交易，而是通过电子交易系统 Xetra 进行交易。

机构投资者：与个人投资者相对，用自有资金或从公众手中筹集的资金专门进行投资的机构。这类投资者投资的金额一般较高，收集和分析信息的能力也较强。

股息：股份公司根据股东投资的股数和公司盈利情况分给股东的部分利润。股息如何分配由股东大会决定，每股（而非每个股东）有一票表决权。持股不多的股东通常不会参加股东大会，他们可以委托相关机构代表他们投票。

债券：由政府和企业等发行，并向债券持有人承诺在一定期限内还清本金和利息的有价证券。人们可以在证券交易所购买债券。债券持有人每年都能收到固定金额的利息。债券有明确的到期时间，在此之前，债券的价格可能会出现不同程度的波动。

行情：指金融市场上利率、汇率、证券价格等的一般情况。股票行情指股票的涨幅变化以及交易流通情况。普尔普造纸厂的股票行情表可能是下面这样的。

	5月30日	5月31日	年度最高股价	年度最低股价
普尔普造纸厂	25.95元	25.75元	49.50元	25.50元

这意味着普尔普造纸厂在5月31日的股价为25.75元，比前一天降低了0.2元。今年（截至5月31日）普尔普造纸厂股价最高为49.50元，最低为25.50元。

09

莎拉和口香糖女士

在证券交易所,
人们总是试图预测一家公司未来的发展状况,
然而未来一切皆有可能, 无法提前预知。

I

"**女**士们、先生们, 法兰克福站到了, 这是本次列车的终点站, 请所有旅客下车。"

广播里传来响亮的声音。菲利克斯一行人下了火车, 站台上一股热风扑面而来。

现在要是在凉爽的溪边该多好, 菲利克斯想。

他们夹在熙熙攘攘的人流中, 走进车站大厅, 然后乘自动扶梯到地铁站, 上了地铁。车厢看起来破破烂烂的, 座位上布满了乱七八糟的涂鸦, 窗户上也有刮痕。列车每次启动时, 地面上的一个空瓶子都会骨碌碌地滚到车厢后面, 列车停下时, 它又骨碌碌地滚回前面，在地上留下一道道水痕。

车厢壁上贴着书和苹果汁的广告，还挂着一个老式相框，上面有一句引人注目的谚语：孩子们小的时候，给他们根；孩子们长大之后，给他们翅膀。

菲利克斯陷入沉思，试图搞清楚这句话要表达什么。翅膀的比喻让他想起小时候做过的一个梦，那个梦直到今天他还记忆犹新。他梦见自己站在自己家的屋顶上，张开双臂，然后突然迎风飞了起来，就像森林上空的雄鹰一样翱翔，把房屋和街道纷纷抛在身后，最后降落在一片草地上。如茵绿草像羽绒被一样柔软。然而，当他想再次飞上蓝天时，却怎么都飞不起来了。他扇动着翅膀，笨拙地跳来跳去，直到从梦中惊醒。

菲利克斯跟在施密茨先生身后，完全沉浸在曾经的梦境中。他们最后在警察总局站下了车。大街上，明媚的阳光晃得菲利克斯不由自主地眯起了眼睛。

汽车轰鸣，人们从他们身边匆忙走过。路边，一个胖胖的小贩在摆摊卖桃子和樱桃，旁边坐着一个乞丐。乞丐满脸胡须，露出皮肤皲裂的小腿。他面前放着一块硬纸板，上面歪歪扭扭地写着：我无家可归，没有工作，饥饿难耐。

乞丐脏兮兮的小腿令菲利克斯不忍直视。他连忙避开乞丐，跟上其他人，离开了这个地方。

这就是法兰克福。此时，菲利克斯无比庆幸他不用生活在这里，而是住在一个美丽的小镇上，那里有小溪、森林和朋友。

2

不久之后，他们来到一个安静舒适的地方，菲利克斯终于松了一口气。

他们站在一棵大梧桐树的树荫下。施密茨先生指着面前宏伟的建筑，说道："我们到了，这里就是法兰克福证券交易所。"

古老的建筑矗立在广场上，但是菲利克斯无暇欣赏，因为施密茨先生已经穿过证券交易所的广场，走向两座巨大的黑色金属雕像。不难看出，其中一座雕像雕刻的是一只熊，另一座雕刻的则是一头公牛。公牛的角闪耀着明亮的光泽，好像被无数双手摸过一样。牛背上，一个高个子女孩盘腿而坐。她有一头黑色的卷发，透过金边眼镜好奇地打量着菲利克斯一行人。施密茨先生双臂环抱在胸前，向黑发少女点了点头。

"莎拉，好久不见。"施密茨先生说道。

"嗨，爸爸。"莎拉微微一笑。

施密茨先生把莎拉介绍给三个孩子，莎拉和他们每个人打了招呼后，就没再说什么。施密茨先生给她讲了小矮人公司，还有那些金币的事情，以及他们来法兰克福的目的。"这些都是秘密，你可不能告诉任何人。"他叮嘱道。

没想到，莎拉听完之后，却说了一句："我认为钱很无聊。"

彼得大吃一惊："你说什么？"

"钱很无聊。"莎拉又重复了一遍。

"为什么这么说？"

莎拉从牛背上一下子跳到地上，说道："钱会带来不公平现象，因为无论如何，每个人都不可能拥有同样多的钱。不仅如此，钱还会让人变傻。你们看看这里，到处都是奇怪的家伙。"说着，莎拉看向证券交易所的入口，正好有个年轻人从里面走出来。他穿着深蓝色西装，正拿着手机打电话。

"我觉得比钱重要的事情还有很多。我妈妈总是说：有钱并不能使人开心。"

菲利克斯并不赞同："但是如果没有钱，你也很难开心。"他解释道，"我们也不是一门心思只想发财。我们想变得富有，是因为这样一来，我们就可以自己决定很多事情。"

"每个人都这样说。"莎拉不以为然地耸了耸肩。

"对你来说，什么是重要的呢？"彼得略带挖苦地问道。

"比如家人、朋友，或者动物，我特别喜欢马。总之，一个人要开心，不一定非要有钱。"

听到这里，施密茨先生脸红了。但是彼得没有注意到，而是自顾自地说了下去。

"你知道骑马需要花很多钱，对吧？只有家境富裕的孩子才能享受骑马的乐趣。不过别担心，等我们变得富有之后，可以送你一匹马。"说到这里，彼得调皮地咧嘴一笑。

施密茨先生清了清嗓子，结束了这个话题："我们以后再谈马的事情吧。你们知道这两座雕像分别雕刻的是什么吗？"

"一只熊和一头公牛。"吉安娜说道。

"这头公牛是股市前景乐观的象征。如果股市行情看涨，人们就会说：**牛市**来了。与此相反，**熊市**指股市行情看跌，前景不乐观，就像一只熊用粗糙的爪子把一切都撕成碎片。"

施密茨先生拍了拍公牛雕像，好像它是一只活生生的动物一样。

菲利克斯仔细观察着，公牛长着双下巴，目光深邃，面部表情竟然和施密茨先生有点儿相似。

"现在是不是正好是牛市？"菲利克斯问道。

"看起来是这样，我们拭目以待吧。现在是 10:15，股票交易已经开始了，我们去证券交易大厅吧。"

3

高大的立柱旁，一扇门上贴着一个标识，是访客入口。他们走近时，吉安娜喊道："你们快看立柱的上方，是星座！"

整面墙上布满了代表星座的浮雕。"看那里，最左边，是狮子座！"吉安娜惊喜地喊道，"这是个好兆头，我就是狮子座。"

"迷信！"莎拉撇了撇嘴。

"这才不是迷信！"吉安娜有些生气，"我妈妈说了，星座是不会撒谎的。她找人给我看过星盘，那个人的解读和我的情况非常吻合。"

"那他没说你应该买哪只股票吗？"彼得打趣道。

吉安娜有些不悦："反正他说了，我会变得很强大，也会给别人带来力量。"

"这意味着你以后会成为一个大人物。"彼得说道。

"谁知道以后到底会怎么样，"施密茨先生说道，"每个买股票的人都想发财。他们猜测未来的股价，有些人靠第六感，有些人收集数据进行研究，还有一些人看星座。"

"星座可不是迷信！"吉安娜重复道。

这时，他们已经登上了入口处的台阶，只见一个门卫端着咖啡杯懒散地四处走动。施密茨先生向他打听怎么去游客回廊，他也没有停下脚步，只是一声不响地把头转向了另一侧的台阶。

他们还没爬几层台阶，就听见了嘈杂的喧闹声和喊叫声。到了楼上，他们来到一道玻璃隔墙前，透过玻璃俯瞰交易大厅的全貌。很多人一边打电话一边四处奔跑，有些特别激动的人甚至挥舞着拳头。

大厅里，繁忙的景象背后似乎藏着某种规律。人们并不是漫无目的地跑来跑去，而是围绕着三个大的柜台活动，它们仿佛屹立在汹涌波涛中的岛屿一样。柜台里面相对安静一些，那里的人们不会跑来跑去，而是在屏幕前或坐或站。大厅上方挂着很多巨大的屏幕，每块屏幕上都显示着密密麻麻的数字，令人目不暇接。

"如果想买股票，要怎么操作呢？"彼得问道。

施密茨先生解释道："如果我想买股票，我会事先了解情况，确定自己要买哪家公司的股票，然后我可以委托证券交易所帮我买。证券交易所会把我的订单委托给**股票交易员**，他们是负责在证券交易所买卖股票的专业人士。我也可以委托**股票经纪人**帮我买卖股票。我可以向股票经纪人提要求，比如'我想买 1000 股普尔普造纸厂的股票，每股价格最高不超过 100 元'。"

"股票交易员知道是谁在买股票吗？"

"像我这样的小人物，他们肯定不知道。"

"如果每个人都去柜台买股票，会很混乱吗？"吉安娜问道。

"不会，"施密茨先生耐心地解释道："不同类型的股票有不同的交易柜台。你看中间那个柜台，汽车股票在左边交易，银行股票在右边交易。"

这时，大屏幕上出现了一些变化。菲利克斯注意到，刚才走势平缓的白线，现在呈上升趋势。

"那是什么？"菲利克斯好奇地问道。

"**达克斯指数**，"施密茨先生答道，"也就是德国股票指数，它展示了德国 30 家主要公司的发展情况，可以称得上是德国经济的晴雨表。经济形势较好时，达克斯指数就会上涨，这条线就会呈上升趋势。你们可以看到，今天的达克斯指数上涨得很快，目前已经达到 5628.31 点，比昨天上涨了 17.14 点。也许我能找到它上涨的原因。"

4

游客回廊里，一位女士坐在一台电脑后面。看来，她的工作就是负责回答游客提出的问题。

"今天有什么特别的事情发生吗？"施密茨先生向她问道。

"一家经济研究机构发布了今年的 GDP 数据。"

"这我还真不知道。然后呢？"

"根据数据，今年的 GDP 同比增长 2.5%。"

"原来如此。"

施密茨先生心满意足地回到孩子们身边，向他们讲解道："GDP 是**国内生产总值**的缩写。"

"什么总值？"菲利克斯不解地问道。

"你们没在新闻中听到过吗？国内生产总值，也就是一个国家或地区在一定时期内生产的所有产品和提供的服务的总价值。"

"所有的？"

"没错。"

"那它和达克斯指数有什么关系？"

"国内生产总值上升，就意味着经济在增长，也就是人们生产了更多东西，比如汽车、冰箱、电脑什么的。"

"也包括香水吗？"吉安娜问道。

"当然，还有你喜欢的耳环、甘草糖……现在，经济增长速度比专家们预期的要快，发行股票的公司将会有更多盈利，所以股票的价格也会上涨，就是这么简单。"

施密茨先生又补充道："和国内生产总值相关的还有一个概念。现在，我举个例子来给你们讲一讲。

"很久以前，意大利的道路破破烂烂的，所以商人经过长途跋涉，将货物送到顾客手里时，这些货物上总是沾满了泥土。

"由于泥土也有重量，所以人们在称重时，要考虑这个因素。人们把货物清洗干净以后，货物的重量才是它们真实的重量。

"类似地，如果在没有扣税的情况下，一个人每月收入2500元，这种收入就叫'毛收入'。只有扣税之后，他才知道自己真正到手的收入有多少，也就是'净收入'。"

"那么，要从国内生产总值里扣除什么才能得到净值呢？"吉安娜触类旁通。

"国内生产总值不包括**折旧**。例如，在工厂里，发生故障、出现磨损和老化的机器都算作折旧。国内生产总值减去折旧，就能得到国内生产净值。"

5

"你们快过来看！"吉安娜突然喊道。她站在那道玻璃隔墙前，指着下面的交易大厅，"你们看到那位女士了吗？她是不是很酷？"

"这里有这么多女士，你说的是哪一位？"彼得问道。

"穿黑色夹克的那位。"

菲利克斯也看到了。那位女士看起来非常年轻，穿着一件像体操服的外套，还系着一根黑色的腰带。她脖子上戴着一条细细的、闪闪发光的金项链，一手拿着手机，一手拿着笔记本。

最引人注目的是她的嘴巴。菲利克斯从未见过有人像她那样夸张地嚼口香糖，他甚至可以从游客回廊清楚地看到她嚼得多么用力。有时，她还会张开嘴巴，用舌头把口香糖推到牙齿间一个更合适的地方。

口香糖女士非常随意地站在那里，百无聊赖地摆弄着手机，不时用目光在大厅里扫视一周。

"真酷！"吉安娜又一次感慨道，"她一定是狮子座的，我一眼就能看出来。等我长大了，也要像她一样。"

这时，一位胖胖的男士从后面跑了出来，径直冲向口香糖女士，匆匆忙忙地和她说了几句话，又赶紧跑了回去。口香糖女士继续满不在乎地嚼着口香糖，慢慢走到交易汽车股票的柜台，对那里的股票交易员说了些什么。那个交易员挠了挠头，然后一屁股坐到凳子上。

"我想知道她和那个交易员说了什么。"吉安娜好奇地说道。

"也许是关于股票价格。"菲利克斯猜测道。

突然，大厅骚动起来，所有人好像都失去了控制。那位胖胖的男士又跑了出来，停在了交易化工产品股票的柜台前。

菲利克斯抬头看大屏幕，惊讶地发现达克斯指数正在下降，他立刻指给施密茨先生看，问道："这是怎么回事？"

"可能有些人的股票前几天一直增值，所以现在，他们想把股票卖掉，获得利润。股票总会有下跌的风险，所以很多人选择在行情看涨时把股票卖掉。这就是发生在刚才的事，没什么大不了的。"

几分钟后，达克斯指数的走势又趋于平缓。口香糖女士仿佛也被喧嚣的氛围感染了，她拿起手机开始打电话。电话接通后，她全神贯注地听着。然后，她放下手机，坚定地穿过大厅，走到右边一个柜台。在那里，她比画了几个简单的动作，对股票交易员说了些什么，然后穿过玻璃门，走出了交易大厅。

"你们看见了吗？口香糖女士在那里买了股票！要是能知道她买了什么股票就好了！"吉安娜兴奋地喊道。

"可她是唯一在那里买股票的人，"菲利克斯说道，"也许她买错了。"

"我们可能很难知道答案了,"施密茨先生说道,"现在,我们该去吃点儿东西了。我都饿坏了。"

"我也是!"彼得长舒一口气。

6

他们离开游客回廊,走下楼梯,穿过摆放着熊和公牛的雕像的广场。施密茨先生带他们去了一家餐厅,这家餐厅有一个十分特别的名字——熊和牛。他们在一张靠窗的桌子旁坐了下来,从这里正好可以看到整个证券交易所。桌子上铺着洁白的桌布,餐盘已经摆好,旁边整整齐齐地放着刀、叉、勺子和玻璃杯,盘子里还放着一张叠好的餐巾。

彼得很想吃比萨,施密茨先生却说,这家证券交易所工作人员经常光顾的餐厅里,不卖比萨。

一个穿着黑色外套、戴着黑色领结的服务员给他们拿来一本书那么厚的菜单,然后点燃了桌上的蜡烛。菜单上,大多数菜名都是外国的,菲利克斯他们不怎么认识,最后,施密茨先生帮他们点好了菜。

过了一会儿,服务员陆续把饭菜端了上来,每道菜都装在精美的盘子里。

"怎么这么少？"彼得小声嘀咕着。

他们快吃完时，吉安娜突然指向窗外："你们看！"

菲利克斯转过头，看到口香糖女士挽着一位身穿深蓝色西装的年轻男士从交易所广场走过来。男士给她打开门，然后，他们在离门较远的一张桌子旁坐了下来，开始研究菜单。

"吉安娜，你现在可以过去问问她刚才买了什么股票。"彼得说道。

吉安娜用餐巾擦了擦嘴，把盘子推开，猛地站了起来，说道："你们等我一下。"

"你不会真的要去吧？"菲利克斯小声问道。

吉安娜什么也没说。她抿紧嘴巴，离开桌子，向口香糖女士走去。菲利克斯大吃一惊，彼得也张大了嘴巴。

吉安娜站在口香糖女士面前。起初，气氛看起来还有些紧张，可不一会儿，吉安娜就爽朗地大笑起来，甚至从旁边搬了一把椅子，坐在口香糖女士和她的同伴身边，和他们热切地交谈起来。服务员走了过来，往他们的高脚杯里倒了些什么后，三个人转向施密茨先生和孩子们，举杯向他们示意。菲利克斯不知道他们在说什么，不过不难看出，他们相谈甚欢。

7

吉安娜在那里待了好久才站起来，和口香糖女士告别，好像她们已经是老朋友了。然后，吉安娜昂首挺胸地走了回来，一屁股坐在椅子上，宣布道："我们也要买儿童电视公司的股票！"

"什么公司？"菲利克斯问道。

"儿童电视公司。口香糖女士——就是米勒女士，她刚刚在交易所买的就是儿童电视公司的股票，花了 700 万。她说，这个公司前景很好。"

说着，吉安娜往桌上放了一张白色小卡片："你们看，这是米勒女士的名片。"

菲利克斯拿起名片，摸了摸上面的名字，读道："玛尔塔·米勒，股票交易员，法兰克福证券交易所。"名片上还写着她的电话号码、传真号码和电子邮件地址。

"那她是狮子座的吗？"彼得问道。

"不是，她是双子座的。"

菲利克斯无暇顾及星座，现在，他关心的是更重要的事情。

"儿童电视公司到底是做什么的呢？"菲利克斯问道。

"据我所知，他们制作和播出很多动画片。"吉安娜回答道。

"我觉得动画片很无聊。"莎拉撇了撇嘴。

"你好像觉得什么都很无聊，"吉安娜不以为意，继续说道，"米勒女士说，儿童电视公司的发展前景很好。"

"她为什么这么认为？"菲利克斯问道。

"这是家新上市的公司，股价这几天一直在上涨。以后，看电视的孩子会越来越多，他们可以投放更多广告，赚更多的钱，股价就会不断上涨。"

"整天坐在电视机前看电视可真笨。"莎拉不屑一顾。

"我们并不是想看电视，"彼得说道，"我们想通过买相关行业的股票来赚钱。"

"所以，你们想赚笨孩子的钱。"

"随你怎么说，反正我觉得这个想法不错。"彼得笑嘻嘻地说道。

"我们如果买了儿童电视公司的股票，相当于拥有了这家公司的一部分，然后，我们就可以想办法做出更好的节目。"菲利克斯畅想着未来。

"如果这家公司有一天完全属于我们了，我们就可以彻底改变它。"彼得摩拳擦掌。

"慢慢来，"施密茨先生笑着说，"你们必须拥有足够多的股份，才能在公司里有发言权，决定这家公司应该做什么，不应该做什么。不过，如果你们只是制作自己想看的电视节目，而非观众想看的，那么你们的股票可能很快就会一文不值。"

"没错。"莎拉点头附和。

8

突然，一个声音响起："看来，你们已经知道我的名字了。"

菲利克斯和其他几个人惊讶地转过身去，看到米勒女士就站在他们身后，双手撑在吉安娜的座椅靠背上。

菲利克斯他们一时有些尴尬，不过米勒女士并没有在意，她接着说："你不把你的朋友介绍给我吗，吉安娜？"

吉安娜逐一介绍了每个人，大家轮流和米勒女士握了手。

"您是这些孩子的老师吗？"她问施密茨先生。

"更像是顾问吧。"施密茨先生有些自豪地回答道。

"你们刚刚在讨论，我是怎么知道儿童电视公司发展前景很好的。这个问题问得非常好，毕竟就算证券交易所的工作人员也不能预测未来。不过，我可以研究公司公开发布的报告，了解公司的收支情况、资产状况、盈利情况等。很多专业人士都会研究这些报告，他们被称为**证券分析师**，我可以向他们咨询。除此之外，我还可以看看之前的股市行情。综合各方面的信息，我认为儿童电视公司表现得非常出色。"

"您有百分之百的把握吗？"菲利克斯问道。

"不，没人会有百分之百的把握。投资总有风险。"

"风险？"菲利克斯追问道，"什么样的风险？"

"一切预想不到的、突如其来的风险。在证券交易所，人们总是试图预测一家公司未来的发展状况，然而未来一切皆有可能，无法提前预知。"

"比如地震。"彼得说道。

米勒女士笑了笑："如果儿童电视公司的大楼盖得很结实，就算地震也不会出什么事。不过买这家公司的股票，确实有一个风险。"

"什么风险？"

"儿童电视公司发行的股票数量远远少于那些大型跨国公司的，所以单个持股人对股价的影响要大得多。如果有一个大股东一次性抛售他所有的股票，那么股价就会迅速下跌，每个持股人都会损失一大笔钱。"

"我们怎么知道会不会有大股东突然抛售呢？"

"这正是问题所在，所以说，买股票是有风险的。你们想，如果你们把所有金币都拿来买股票……"

"你告诉她金币的事了？"彼得生气地质问吉安娜。

"别担心，"米勒女士保证道，"我不会再告诉别人了。不过我认为，对你们来说，在目前这种情况下，最好选择风险较低的投资，比如债券。"

"会不会过于保守？"施密茨先生说道，"高风险才有高回报。眼下，儿童电视公司的股价不断上涨，两周前，每股只有 28 元，可今天已经超过 39 元。如果一切顺利，今年内股价完全有可能翻倍。"

"确实。"米勒女士点点头。

"但是一家公司的股价怎么可能在这么短的时间内翻倍呢？"菲利克斯难以置信地问道。

"某种程度上，这取决于人们的看法，"米勒女士回答道，"如果每个人都认为儿童电视公司的股票值这么多钱，那么它就确实值这么多钱。如果人们发现自己过于乐观，这家公司实际的盈利比预想的少，股价又会下跌。在交易所，有时一家公司的本来面貌并不重要，重要的是大部分人如何看待它。时间到了，我该回交易所了。"说完，米勒女士和他们道了别。

"现在我们该怎么办？"米勒女士离开后，吉安娜问道，"我们到底买不买儿童电视公司的股票？"

"我也不知道，"菲利克斯犯了难，"如果这只股票将来贬值了怎么办？今天买这只股票的只有米勒女士。她自己也说了，买股票是有风险的。"

"把所有钱投入这么一家新公司，确实有风险，"施密茨先生说道，"但是，这只股票在两周之内从每股 28 元涨到了 39 元。如果两周前有人买了 10000 元的股票，现在他就有了……"

"……差不多 14000 元！"菲利克斯惊叹道。

"已经很有说服力了，"彼得说道，"冒点儿险是值得的。"

就这样，小矮人公司的成员一致同意，把他们的资产用于购买儿童电视公司的股票。

9

施密茨先生付了饭钱，他们离开了餐厅。这时，外面变得更加闷热了。莎拉提议乘游船去莱茵河玩，船上会凉快一些，而且不像街上这么吵闹。施密茨先生同意了。

坐在游船上确实很舒服。菲利克斯觉得岸上的景观很引人注目，在这里，他关注的不是自然风光，而是林立的摩天大楼。

"法兰克福的楼真难看。"当他们路过一座高耸入云的大楼时，莎拉这么说。

"你为什么不和你爸爸住在一起呢？"菲利克斯问莎拉。

莎拉没有回答，而是转过头去，生气地看着自己的爸爸。菲利克斯这才想起来，莎拉的父母分开了，即使她想和施密茨先生一起生活，事情也不会那么容易。

"在小镇上生活，有时候也很无聊的。"菲利克斯想安慰莎拉，却想不出更好的理由。

莎拉没有继续这个话题，而是说起了她的学校。除了生物课，她觉得其他课都很无聊。她上小学时跳了一级，所以现在已经上初一了。最近，她开始学骑马，最大的愿望就是拥有一匹属于自己的马。她妈妈总是冲她发脾气，所以她才觉得生活很糟糕。

菲利克斯非常能理解她的心情。

傍晚时分，当他们又回到警察总局地铁站时，那个乞丐依然坐在那里。菲利克斯把目光移开，而莎拉翻了翻口袋，拿出一枚5角钱硬币，扔进乞丐的脏帽子里。

当他们乘扶梯时，彼得问莎拉："你为什么要给他钱？他应该自己去工作。"

"如果他找不到工作呢？你知道现在有多少人**失业**吗？你可以去看看新闻，仅仅在德国，就有500万人失业！"

"只要肯努力，总会找到工作的，我爸爸就是这么说的。"

"难道你爸爸认为，德国有500万个空缺职位吗？"

来到站台上时，他们依然在争论。

突然，莎拉看向菲利克斯，说道："如果我拥有金币，我刚才肯定会给乞丐更多钱。"

听了这番话，菲利克斯脸又红了。

"我觉得，如果直接把钱施舍给乞丐，并不是真正在帮他，"菲利克斯说出了自己的想法，"乞丐只会用这些钱去买酒，然后喝得醉醺醺的。"

莎拉愣了一下，说道："都是借口。"

他们一行人上了火车。夕阳照进车厢，菲利克斯陷入了沉思。如果莎拉说的是对的呢？曾经拥有金币的那个人，现在会不会因为丢失了这笔钱财，也沦为乞丐，正坐在大街上？

想着想着，菲利克斯不知不觉睡着了。当彼得叫醒他时，火车正好到站。

经济学小词典

牛市、熊市： 股市行情的两种不同趋势。牛市意味着股市行情看涨，前景乐观，熊市则恰好相反。

关于牛市和熊市的由来，有很多不同的说法。在西方古代文明中，牛代表力量、财富和希望。用"牛市"代表股票行情看涨，表达了人们对财富的渴望。而会冬眠的熊则提醒人们在股市行情看跌时保持高度警惕，耐心等待机会。

股票交易员： 经过培训，在证券交易所负责股票交易业务的工作人员。

股票经纪人： 为投资者提供股票交易服务的个人或机构。股票经纪人提供的代理业务多在线上完成。

达克斯指数： 德国股票指数，展示了德国 30 家主要公司的发展情况。世界上其他重要的股票指数还有道琼斯指数、日经指数和欧洲斯托克 50 指数等。

国内生产总值： 英文缩写为 GDP，表示一个国家或地区所有常住单位在一定时期内生产活动的全部最终成果。

还有一个与国内生产总值相关的概念——国民生产总值（GNP）。国内生产总值采用的是"国土原则"，无论是本国人还是外国人，只要是在本国国内创造的价值，都计算在内。而国民生产总值采用的是"国民原则"，只要是本国居民，无论是否在国内，创造的价值都计算在内。二者的区别可以通过一个例子来说明。如果布鲁姆先生住在法国，为一家法国报纸写了一篇文章，那么他的酬金会计入法国的国内生产总值。因为布鲁姆先生是德国人，所以这份酬金也会同时被计入德国的国民生产总值。

折旧： 随着时间的推移，某些东西的价值会降低，比如机器会磨损或由于过时而被淘汰，一辆使用过的汽车比一辆新车便宜。折旧也应记录在资产负债表中。

证券分析师： 对证券市场或与之相关的因素进行研究和分析的专业人员。

失业： 有劳动能力的人找不到工作的现象。失业是当代社会最严重的问题之一。

失业究竟是如何发生的？如果我们将工作视为一种商品，失业就很容易理解了。失业意味着劳动力过剩，也就是劳动力的供给大于需求。

人们在如何更好地解决失业问题上意见不一。有些人认为，对劳动力的需求过低，是因为劳动力价格过高，所以必须降低工资。另一些人认为，降低工资无济于事，因为当人们的收入下降后，他们必定会减少开支，用于消费的钱变少了，商品的需求就会减少，生产这些商品需要的劳动力也会相应减少，失业率甚至会上升；他们认为国家应该花更多的钱购买商品，这样公司才会雇用新员工。还有人建议减少税收和其他费用，这样人们就有更多钱去消费。

10

爸爸丢了工作

菲利克斯家出现了财政危机，
他真的能孤注一掷
去买儿童电视公司的股票吗？

1

有时候，糟糕的事情总会毫无预兆地发生。对于这样的事情，菲利克斯总有一种说不清道不明的预感。四年前的一天，菲利克斯放学回家，一推开门，就有一种不祥的预感。当他看到妈妈在厨房哭泣时，已经有了心理准备——外婆去世了。

从证券交易所回来的第二天，菲利克斯早上一醒来，这种糟糕的感觉再一次将他笼罩，他甚至在半睡半醒的时候就开始焦虑。

家里的气氛似乎不太对劲儿，餐厅里安静得不同寻常。虽然菲利克斯听到了妈妈搅拌牛奶和移动椅子的声音，但他总觉得今天和平时不太一样。

　　他终于发现，不知何故，他的父母都沉默不语，所以餐厅里异常安静，物品碰撞发出的轻微声响给人一种压抑的感觉。菲利克斯洗了个澡，穿好衣服，在这种压抑的气氛中，走下了楼梯。

　　仿佛有一片乌云笼罩在餐厅上空。爸爸坐在桌子旁，盯着咖啡杯，用勺子心不在焉地搅着杯子里的咖啡。妈妈的眼睛红红的，眼睛下面还有一片乌青，不难看出她刚刚哭过。

　　妈妈一言不发，往菲利克斯的盘子里放了一个小面包，还给他倒了一杯热可可。菲利克斯咬了一口面包，感觉如鲠在喉，难以下咽。

　　过了许久，爸爸清了清嗓子："菲利克斯，我们要告诉你一件非常严肃的事情。"

　　漫长的沉默之后，妈妈艰难地开口说道："你爸爸丢了工作。"

　　菲利克斯惊讶地瞪大了眼睛，难以置信地看着爸爸。

　　爸爸又一次清了清嗓子，说道："菲利克斯，你已经长大了，这些事应该让你知道。今天是我最后一天去报社上班，因为从下周一开始，《大众报》就要停刊了。"

　　爸爸严肃地，甚至可以说近乎庄重地讲述了这件事情的来龙去脉，菲利克斯只勉强记住了这些：《大众报》的读者没有以前那么多了，接到的广告也越来越少，因为客户不愿意花钱在读者这么少的报纸上登广告。纸张价格也越来越贵，这无异于雪上加霜。报社老板马萨尔先生赔了很多钱，最终无可奈何地把报社卖给了《汇报》。

从下周一开始，镇上只会发行《汇报》。《大众报》唯一留下来的，只有在《汇报》报头下面用小字写的名字。

爸爸继续说道："《大众报》有一小部分人被《汇报》接管，可以像以前一样继续工作。但是大多数部门都解散了，其中包括编辑部。没有工作岗位给我了，因为《汇报》的经济版块已经有一位负责人了。"

"怎么能这样?!"菲利克斯只能反复说着这句话。

"没办法，儿子。市场经济就是这样，没人能阻止老板卖掉他的公司。"

"但是您为《大众报》付出了那么多心血，它也是属于您的啊!"菲利克斯愤愤不平地喊道。

爸爸叹了口气："某种意义上可以这么说，但这也于事无补。在现在这种关键时刻，报社还是马萨尔先生说了算。不过，你也不用太担心，我多领了一个月的工资，家里不至于周转不开。"

"那马尔克斯女士呢?"

"她去报社档案室工作了。"

"如果以后你挣不到钱了，我们该怎么办?"

"我们已经有打算了。"妈妈说道，"我最近翻译了一本心理学方面的书，也有一些收入。虽然这笔钱不多，但是我只要努力，以后一定能翻译更多的书。除此之外，我们还要减少日常开支，不能再像以前那样花钱了。"

"我可以去其他城市找工作。总有一家报社需要一位有经验的记者。实在没办法，我还可以去领失业救济金。"

"可是我不想搬到别的地方！"菲利克斯喊道。

"菲利克斯，爸爸不能一直领失业救济金。妈妈翻译书稿赚的钱不够我们支付房子的贷款。"

突然，菲利克斯的妈妈忍不住掩面抽泣，跑出了餐厅。菲利克斯感到更加焦虑。每次看到妈妈哭，他都想去安慰她，却不知道该怎么做。

"您早已预料到自己会失业，所以我们才没有去度假，是吗？"

爸爸默默点了点头。

菲利克斯沉默了一会儿，然后又问道："我们要从这座房子搬走吗？"

"目前不会。"爸爸想了想，回答道。

菲利克斯觉得他的世界仿佛轰然坍塌。

不能再犹豫了！他决定把金币的事情告诉爸爸。

爸爸听了前因后果，把手放在菲利克斯的肩膀上。

"72 枚金币？这真是太不可思议了！你们要保管好这些钱，要知道，财富是很容易消失的。"

菲利克斯想用这笔钱帮助爸爸。可是直到说完整件事情，他都没有提出这个想法。

2

菲利克斯沉默地回到自己的房间。此时此刻，他感到前所未有的孤独。他从床底下找出那条两米长的斑点蛇玩偶。这个玩偶还是妈妈在菲利克斯上幼儿园时为他缝制的，它摸起来很柔软，眼睛是两颗紫色的玻璃球。把斑点蛇玩偶抱在怀里，菲利克斯觉得似乎没有那么孤独了，虽然他已经是一个快满 13 岁的男孩了，但他依然能从这个玩偶身上获得安慰。

菲利克斯就这样在床上躺了一会儿，两眼盯着天花板，听着从窗外传来的声音：街上的汽车声、不知谁家花园里的嬉笑声、云雀的鸣叫声……

菲利克斯想到了砖厂、森林和螃蟹溪。他希望自己可以自由又快乐，这种渴望是那么强烈，强烈到他几乎无法控制。他离实现变得富有的伟大目标已经越来越近了，他和伙伴们在法兰克福度过了美好的一天，获得了一条关于股票的重要信息，还认识了米勒女士。

然而，他觉得自己很快就要失去这一切了。如果他随家人离开小镇，离开彼得、吉安娜和施密茨先生，小矮人公司将不复存在。也许爸爸在别的城市根本找不到新工作。昨天他还在和莎拉谈论失业的问题，没想到现在爸爸也失业了。他会不会有一天也像那个乞丐一样，拖着皮肤皲裂的双腿，在不知名的街道上乞讨呢？天哪！

这时，楼下急促的门铃声让菲利克斯回过神来。门打开了，有人噔噔噔地跑上楼，房门被推开了，彼得站在他面前。

"菲利克斯，你躲到哪儿去了？"彼得兴奋地喊道，"你忘了吗？我们今天要去银行找费舍尔先生，卖掉我们的金币，然后……你怎么了？是不是出什么事了？你为什么一大早抱着这条奇怪的蛇躺在床上？"

菲利克斯坐了起来，断断续续地告诉彼得他从爸爸那儿听说的事情。

"竟然有这种事?!"彼得义愤填膺地喊道，"《大众报》怎么能就这样随随便便停刊，让你爸爸失业？不能就这么算了！我们必须做点儿什么！"

菲利克斯并不相信彼得真的能做出可以改变《大众报》命运的事情，然而看到彼得如此愤慨，他得到了很大的安慰。他把蛇玩偶扔到一旁，问彼得有没有什么好主意。

"我确实想到了一些办法。不过最重要的是，你要相信自己。我们要变得富有，不是吗？你现在应该更加坚定。我们先去证券交易所买儿童电视公司的股票，然后再考虑下一步怎么走。"

"股票——你提醒我了！"虽然菲利克斯并没有被彼得的兴奋情绪所感染，但是做点儿什么总比躺在床上胡思乱想要好。他站起身，下楼推出自行车，和彼得一起骑车去了土豆市场。

3

到了银行，菲利克斯才恢复常态。他们打开保险箱，取出金币。

菲利克斯觉得这些金币似乎拥有一种神秘的力量，他不知道这力量是好是坏，会不会让他们误入歧途。自从他树立了变得富有的目标以后，很多事情都跟以前不一样了……

"你们终于要把金币卖掉了！"费舍尔先生的话打断了菲利克斯的思绪。

"我早就跟你们说过，黄金是为保守的人准备的。如果经济形势好，人们是不需要储存黄金的，他们应该把黄金换成钱去投资，然后从中获利，这样钱才算发挥了它的作用。从你们把金币放入保险箱的那一刻起，它们就……等等！它们已经贬值了 191 元。"

"短短几天就贬值了这么多?!"菲利克斯惊呼道，"我们要修剪将近 40 次草坪才能赚到这么多钱！"

"反正我们要卖掉这些金币，"彼得说道，"我们要买股票。"

"股票？你们已经想好要买哪只股票了吗？"

"儿童电视公司。"吉安娜答道。

"什么？就是那个成天放动画片的电视公司？人们对它还没多少了解。"

"我们了解。我们从米勒女士那里得到了可靠消息。"

"谁是米勒女士？"

　　"米勒女士是法兰克福证券交易所的股票交易员，我们是在交易所认识她的。"吉安娜给费舍尔先生讲了他们在法兰克福的经历。

　　费舍尔先生带着疑虑仔细打量着这些孩子，好像担心他们会糊弄他一样。然后，他敲了几下键盘，说道："我刚刚查了，那里确实有位名叫玛尔塔·米勒的女士。如果是她给的建议，那我只能选择听从了。不过，我还是建议你们做一些更保险的事情，比如买**基金**，毕竟你们还是孩子。"

　　"什么是基金？"菲利克斯问道。

　　费舍尔先生解释道："简单来说，基金包括债券型基金和股票型基金等，买股票型基金就相当于你们委托基金交易员帮你们买股票，基金交易员都是专业人士，对他们购买的股票都有深入的研究，所以买基金要比买股票更安全一些，不会像买股票那样，可能会赔得一无所有。"

　　"这是不是意味着，买基金比自己买股票能赚更多钱呢？"彼得问道。

　　"不能这么说。如果你们自己恰巧买到了合适的股票，那自然赚得更多。但在最糟糕的情况下，自己买股票也会损失得更多。"

　　"我们还是听米勒女士的吧。"吉安娜说道。菲利克斯和彼得也点点头，表示同意。

　　费舍尔先生答应道："好吧。对了，还有一件重要的事情——你们现在需要开一个账户，把每月的收入存进去，也可以从中取出你们需要用的钱。不过，因为可以随时取出现金，这个账户的存款利息很低。"

"我们为什么要开一个账户呢？"吉安娜不解地问道。

"你们卖金币的钱总得有个去处。而且，你们买股票的钱也需要从这里取出。我想，再用鞋盒就不合适了吧。"

"原来如此。"吉安娜调皮地吐了吐舌头。

费舍尔先生给他们开了账户，并向他们解释如何从账户里存钱、取钱和转账。

"太棒了！"菲利克斯情不自禁地欢呼道。

他们办好开户的所有手续后，费舍尔先生把金币兑换的钱存进了账户，还热心地给在证券交易所工作的好朋友霍夫曼先生打了一通电话，让三个孩子去找霍夫曼先生买股票。

4

三人并排走在路上，可菲利克斯的心思却不在这里，他总是不由自主地想着爸爸。菲利克斯家出现了财政危机，他真的能孤注一掷去买儿童电视公司的股票吗？

菲利克斯他们进入证券交易所，发现霍夫曼先生早就在大厅里等着他们了。打过招呼后，霍夫曼先生开门见山地问道："所有钱都买儿童电视公司的股票吗？"

"没错，所有钱！"吉安娜毫不犹豫地说道。

"儿童电视公司的股票现在每股 39.80 元，你们需要决定以多高的价格购入。"

"这是我们自己可以决定的吗？"吉安娜问道。

"你们在委托证券公司买股票时，可以规定**股票限价**。比如你们可以这样要求：我们想买 250 股，每股价格不超过 40 元。"

"我赞成设一个限额。就按您说的，我们买 250 股，每股价格不超过 40 元。"菲利克斯说道。

"我们的钱够吗？"彼得问道。

"够，我计算过了，如果每股 40 元，250 股正好 10000 元。"

"我相信你！"彼得说道，"就这么决定了！"

吉安娜也郑重地点了点头。

"需要说明的是，我们会收取 1% 的佣金和 0.04% 的手续费。"

"这些是什么？"

"是付给交易所和股票交易员的费用。如果买 250 股，这两项费用加起来就是 104 元。除此之外，你们还需要支付 24 元，用于在交易所开设股票账户。"

"各种费用加起来就要 128 元！"彼得惊呼道。

"别怕，你们以后有的是赚钱的机会！对了，委托书还需要一个成年人签字。如果你们可以在今天上午 10:00 前请大人签好字，委托书今天就可以生效。"

说完，霍夫曼先生把委托书递给他们。菲利克斯准备把它拿回家，让爸爸签字。

5

菲利克斯到家时，爸爸正沉浸在报纸中。看到委托书，他只是平静地说了一句："你要买股票？这对一个 10 岁的男孩来说，是不是太早了？"爸爸并没有仔细看就签了字，然后又去看他的报纸了。

之后，在土豆市场的喷泉旁边，吉安娜在她的本子上更新了小矮人公司的账目。

小矮人公司资产负债表　7 月 3 日

资产		负债 + 所有者权益	
股票	10000.00	所有者权益	11516.70
鸡	110.00		−329.00
饲料			
账户	913.00		
库存现金	164.70		
	11187.70		11187.70

"你是怎么想到这样写的？"彼得问道。

"这很简单啊。金币在我们的保险箱里放着的时候，贬值了 191

元。然后我们买了 10000 元的股票，需要支付 128 元的费用。"

"那饲料是怎么回事？"

"饲料快被鸡吃光了，该买新的了。金币贬值了 191 元，加上买股票额外花费的 128 元，再加上买饲料的 10 元，我们一共负债 329 元。卖金币所得的 11232 元，减去金币贬值损失的 191 元，再减去买股票的 10000 元和其他费用 128 元，我们的账户里还剩下 913 元。"

"可我们还没有买股票呀。"菲利克斯说道。

"现在和买了也差不多。"

经济学小词典

　　基金： 此处指投资基金，是一种通过集合投资方式集中的基金。基金公司出售基金份额，将筹集到的资金进行证券投资，尽可能多地赚取高额收益。投资者可以赎回自己持有的基金份额，但有时要支付一定的费用。大部分投资者希望他们的基金价值随着这些基金所投资的有价证券价值的升高而升高。

　　股票限价： 客户可以委托经纪人按照限定的价格或价格范围买卖股票。例如文中，菲利克斯可以说："我想买 100 股普尔普造纸厂的股票，每股价格不超过 25 元。"他也可以说："我想卖出 100 股普尔普造纸厂的股票，每股价格不低于 24 元。"

11

坏消息接二连三

要想在市场中有所作为，就必须成为先行者。
因为只有先行者才能抢占先机。

I

周六早上，菲利克斯醒得很早。家里很安静，晨风从窗户吹进了房间。

一幕幕场景在菲利克斯脑海里浮现。他看到一辆搬家公司的车驶到家门口，一些陌生人将他房间里的东西全部搬到了车上。接着，他站在一座陌生的城市里，进入一所陌生的学校，遇见一群并不友善的同学。他仿佛还看到了法兰克福的那个双腿皮肤皲裂的乞丐。

他还想起了莎拉说过的话。他是否也该为某个人的贫穷而负责，比如那个曾经拥有金币却不知情的人？如果那个人知道盒子里藏着金币，肯定不会把单簧管卖给别人。

几乎就在一瞬间，菲利克斯下定决心：即使冒着失去这笔财富的风险，他也一定要揭开这些金币背后的秘密。今天，他一定要和彼得还有吉安娜谈谈这件事。

菲利克斯起身去准备早餐。他想，如果爸爸妈妈一醒来就闻到咖啡和面包的香气，一定会感到心情愉悦。他要先去面包房取面包。

一刻钟后，当菲利克斯从面包房回来时，邮递员正和往常一样，准备把《大众报》塞进信箱。谁都想不到，这将是这份报纸生命的最后一天。

家里依然很安静。菲利克斯打开咖啡机，给自己切了一片面包，目光落在《大众报》的头版头条上。报纸的标题下面不再像往常一样放着一大张照片，而是一篇粗黑线框起来的文章。菲利克斯读了起来。

传统和进步

一个传统的时代就要终结了。陪伴了好几代人走过或美好或困难的岁月的《大众报》，下周就要停刊了。这份报纸不断为这座城市发声，称得上是将我们与外部世界连接起来的纽带。这些年来，读者始终对《大众报》充满信任，为此，报社深表感谢。

时代变迁，很多传统行业难以避免地开始走下坡路，报业也不能幸免。报纸投资成本日益增加，为了生存，我们决定寻找一个强大的合作伙伴。从下周一开始，《大众报》将作为《汇报》的地方版发行，办公地点仍在原址。经费困难使得报社整改势在必行，我们还在和受到影响的员工探讨补偿事宜。在此，我们恳请所有读者，继续支持以新形式存在的这份家乡报纸。

2

"这些伪君子！"爸爸的声音突然在背后响起，菲利克斯都没注意到他是什么时候走进厨房的。

"全都是谎言！解雇被说成'整改'，卖掉报纸被说成'寻找一个强大的合作伙伴'，简直是无稽之谈！这么多年来，老板一直在乱花钱，早就把报社弄得一团糟了，只是人们没注意到而已！"爸爸义愤填膺地说道。

过了一会儿，爸爸终于冷静下来，端着咖啡杯，在厨房里不安地来回踱步。

"算了，也许这样更好。反正我已经不为《大众报》工作了，就等着领失业金好了。"

"您之前为什么会容忍这一切呢？"菲利克斯问道。

"我只是一名普通员工，就算报社经营不善，我也什么都做不了！"爸爸的情绪又有一些激动。

"爸爸，什么是失业金？"菲利克斯小心翼翼地问道，生怕这个问题又会惹爸爸生气。

"失业金就是给我们这些被解雇的人的补偿。眼下最重要的是，我们的钱还能够撑多久。"

说完，爸爸沉默了。他站在窗前，凝视着窗外的景色。

菲利克斯心不在焉地翻着报纸，翻到广告版时，一则广告令他大吃一惊。

这则广告并不长，但非常引人注目。它的文字被一个漂亮的外框框了起来，框里写着：

周末面包

您是否想在周末早晨吃到新鲜面包，却又不想出门？别担心，我们会免费送货上门！请提前一天在 13:00 前打电话预定！

提姆伯格面包房

菲利克斯惊呆了。有人剽窃了小矮人公司的创意，真无耻！为什么坏消息接二连三地出现？

"我得赶紧去找彼得！"他喊了一声就冲出家门，跳上自行车，飞速骑向瓦尔泽加油站。

彼得听说了广告的事之后，火冒三丈："我们必须马上去姆巴赫面包房！"他大喊道。

两个男孩立刻骑着自行车赶往面包房。还没到面包房门口，他们就看到那里已经排起了长队。他们不管不顾地穿过排队的人群，挤到了柜台前。彼得拉住姆巴赫先生的袖子，生拉硬拽地把他拖到后面的烘焙间，告诉他这个爆炸性的消息。

出乎他们意料的是，姆巴赫先生非但没有生气，反而哈哈大笑起来。

"原来如此，"他一边说，一边在围裙上擦了擦沾满面粉的手，"看来提姆伯格还想再搏一搏。他也是时候想出些新办法了。"

"但是他怎么可以这么做?!"菲利克斯生气地喊道，"这可是我们的主意！他不能就这么轻易地把它偷走！"

姆巴赫先生大笑起来："孩子们，你们很难阻止别人模仿自己。现在我们能做的，只有竭尽全力做得更好。你们应该感到高兴。事实证明，你们的主意确实很棒。"

"但是提姆伯格面包房免费送货上门！"菲利克斯说道，"我们也要免费吗？"

"胡说！我可不会让我的员工白干活。不过，提姆伯格有这么做的理由。他做的面包又干又硬，他太太总对顾客板着脸。如果质量和服务不行，那就只能在价格上想办法了。我可不需要这么做。"

姆巴赫先生顿了一下，又大笑起来："别担心，**竞争**会给生意带来活力。明天早上再来吧，孩子们。"说完，他拍了拍彼得的肩膀，在他的衣服上留下一个白印。

3

快 20:00 的时候，电话铃响了。菲利克斯接起电话，起初只听到一阵嘈杂的声音，他努力分辨，才听出了吉安娜的声音。

"成功了！你知道我们现在有什么了吗？一切都会好起来的……"

趁吉安娜喘气的时候，菲利克斯赶紧问道："你在说什么？"

"你没听懂？"

"是的。"

"好吧，那我再说一遍：我们有了第一个鸡蛋！简直太酷了！"

鸡！菲利克斯最近一直心事重重，差点儿忘了他们的鸡！好在吉安娜一直悉心照料着他们的鸡。

"我今天去鸡舍看了，地板上躺着一个鸡蛋！你快来我家的冰激凌店吧，我妈妈说要请你吃冰激凌！"

看来，终于有个好消息来给这糟糕的一天收尾了。

"你们真让我刮目相看！"菲利克斯走进里亚托冰激凌店后，吉姆皮里太太夸赞道："如果你们继续努力，有朝一日一定会变得很富有！"

彼得坐在店里的沙发上，大声和菲利克斯打了招呼。店中央的桌子上，放着一个打开的鸡蛋盒，里面躺着一个棕色的鸡蛋。

"是不是很漂亮？"吉安娜自豪地问道。

虽然菲利克斯觉得它看起来和其他鸡蛋没什么两样，但是他由衷地为他们的成功感到骄傲。这时，他才注意到房间里还有别人，角落的一把扶手椅上，坐着一个满头银发、身穿黑衣的老奶奶。

"这是我的外婆诺娜。"吉安娜介绍道。

吉安娜的外婆和蔼地向菲利克斯点了点头。一只胖乎乎的猫正趴在她腿上睡觉，呼噜打得很响。尽管电视开着，菲利克斯还是能听到呼噜声。

"这是里奥。你看，它多可爱。"说完，吉安娜坐在沙发上，拿起旁边穿着粉红色连衣裙的洋娃娃玩。

"我们干得很棒，不是吗？"

"是的，但我们就卖这一个鸡蛋吗？"彼得问道。

"我相信，明天我们会有更多的鸡蛋。"

吉安娜的妈妈走了进来。她端着一个托盘，上面放着四个冰激凌。彼得从来没有见过那么大的冰激凌，每个冰激凌上面都浇了好多奶油和红色果酱，还插着一根装饰着紫色飘带的手指饼干。

"你们应该好好庆祝一下。"吉安娜的妈妈把托盘放到桌上。

里奥从吉安娜外婆的膝盖上跳下来，踱着步，一下子跳到沙发上。它亲昵地蹭了蹭吉安娜，喵喵地叫着，贪婪地盯看吉安娜的冰激凌。

这时，外婆突然用意大利语说了些什么。只有吉安娜听懂了，她也用意大利语嘟囔了些什么，然后向大家翻译道："外婆认为我们不应该总是存钱，还应该学会花钱。"

外婆又说了些什么，然后笑了起来。吉安娜继续翻译道："我家冰激凌店开张时，外婆和外公庆祝了整整两天，虽然那时候他们还没有赚到一分钱。啊，我至少听过 1000 次他们是怎么开冰激凌店，还有外公在凌晨唱歌的事……"她的话被外婆打断了，而且外婆这次说话的声音特别响亮。

"外婆说，我不应该这么调皮，还有你，菲利克斯，你也不应该因为你爸爸的事一直忧心忡忡。发生在你爸爸身上的事确实很糟糕，但是一切都会好起来的。"

吉安娜外婆的话并没有让菲利克斯感到安心，反而让他回到了令人沮丧的现实中。

彼得吃完他的冰激凌，也安慰了菲利克斯几句，但菲利克斯没有理会他，因为正在播放的电视节目吸引了他的注意力。

"你们快看，现在播放的是儿童电视公司的节目！"他喊道。

"这可是我们的电视公司！"吉安娜自豪地拍了拍胸脯。

屏幕上，一群打扮得很夸张的孩子正跟着音乐边唱边跳。

"你们不觉得这个节目很无聊吗？"菲利克斯问道。

"这不重要，"吉安娜说道，"这节目肯定受欢迎，它越受欢迎，我们的股票就越有价值。对了，我想起来一件事。我去鸡舍时，碰到了施密茨先生，跟他说了另一个面包房窃取了我们创意的事情。"

"施密茨先生怎么说？"

"他觉得，要在市场中有所作为，就必须成为先行者。因为只有先行者才能抢占先机，挣到很多钱。这是一个名人说的，他的名字叫……"

吉安娜拿出她的本子。

"……**约瑟夫·熊彼特**。他还说，好主意总是会被偷走的。由于模仿者始终存在，所以优秀的企业家必须一直想出新创意。"

"但是这太难了。"菲利克斯感叹道。

"如果想变得富有，这是不可避免的，"彼得说道，"天下没有免费的午餐。"

经济学小词典

竞争： 商品生产者为了争取条件、提高声誉和抢占市场份额而进行的各种活动。如果市场中不存在竞争，价格就会上涨。因此，竞争对消费者有利。

约瑟夫·熊彼特： 美籍奥地利经济学家。他提出了"创造性破坏理论"，这个理论说的是，企业如果创新，就能获得更高的利润，同时使不创新的企业遭受毁灭性的打击，比如汽车的大规模生产摧毁了马车市场。

12

金币背后的秘密

我们不该拿走任何原本不属于我们的东西。

I

周日早上，菲利克斯和彼得像往常一样，先去找吉安娜，然后一同为姆巴赫面包房送面包。经过土豆市场时，菲利克斯的目光落到了《大众报》报社的墙上，上面用橘红色的大字写着："这是一件臭闻。"

写这行字的人看起来文化水平不怎么高。他用了很多颜料，每个字上的颜料都滴了下来，在墙上留下长长的痕迹。

"这家报社就该受到惩罚，"吉安娜幸灾乐祸地说道，"不过，写字的人会是谁呢？"

菲利克斯陷入沉思。爸爸会做出这样的事情吗？不，这个想法实在太荒谬了。有可能是妈妈吗？可妈妈会在晚上拎着油漆桶来土豆市场吗？肯定不会。

姆巴赫先生已经在等着三个孩子了。这次，他给每人安排了20位客户。

"竞争给生意带来活力。"姆巴赫先生又一次说道。

他们的自行车上一次性装不下那么多面包，必须跑两趟。正当他们准备出发的时候，菲利克斯在彼得的袖子上发现了一大片橙色污渍。

"这是防锈漆，"彼得解释道，"汽修店里经常会用到它。"

菲利克斯立刻起了疑："告诉我，《大众报》报社墙上的标语，是你写的吗？"

"嘘！"彼得连忙压低声音，"我不想让别人知道。"

"但是为什么……"

"我说过，我不会善罢甘休的！"

"可你为什么事先没有跟我说呢？"

"你太老实了。如果事先说，你肯定会反对的。"

菲利克斯一时语塞。彼得说得对，他太老实了，很少会反抗，就像他的爸爸一样。但他又觉得，彼得不应该插手他的事情。而且就算这么做了，又有什么用呢？

"唉，以后别胡闹了！"菲利克斯骑上自行车，对彼得说道，"你还写了错别字。"

"哪个字？"

"丑闻的丑，不是臭味的臭。"

"好吧。"

菲利克斯出发了，他经过施密茨先生的乐器行，沿着山间小路，来到第一位客户家。经过学校时，一个人骑着自行车迎面而来。

起初，菲利克斯根本没有注意，但他很快看清了来人——是和他闹过矛盾的凯伊。菲利克斯没有多想，直接把自行车横在路中央，迫使凯伊停下。

"下车！"他命令道。

这时，他突然看到凯伊的自行车后座上也放着一篮面包，于是质问道："你替提姆伯格送面包？"

"你们能干的，我早就会了，"凯伊嘲讽道，"你怎么还有时间在这里闲逛？你爸爸都丢了工作，你应该更加努力才对。"

菲利克斯火冒三丈。即使内心有个声音在劝他别像上次那样轻易被激怒，但这个声音实在太微不足道了。他用最大的力气把凯伊推倒了，凯伊的自行车也倒在地上。篮子掉了下来，面包都滚到了马路上。

凯伊任由他的自行车倒在地上，大喊了一句："你等着！"然后顺着下坡的小路跑了。

菲利克斯把凯伊的自行车扶起来，靠到树篱上，然后又把面包捡起来，满心愧疚地向他自己的客户家骑去。

一小时后，菲利克斯心情沮丧地回到了面包店。姆巴赫先生早已在店门口等着他了。他脸涨得通红，双手背在身后。

"你知道你干了什么吗？"他愤怒地冲菲利克斯喊道，"我是雇你去送面包的，不是去惹是生非的！"

"可是凯伊……"菲利克斯想为自己辩解，但是姆巴赫先生却没有给他机会。

"现在，大家都说姆巴赫面包房的人欺负竞争对手。你回家吧，告诉你爸爸，他有一个多么优秀的儿子！别再让我看到你！"说完，姆巴赫先生转身进店，狠狠地摔上了门。

"我不该和凯伊起冲突的。"菲利克斯后悔地想。他感觉糟透了，就像上次刚和凯伊吵完架一样。他没有等其他人，独自难过地骑车回了家。

2

"你真傻！"

菲利克斯没有为自己辩解，因为他觉得彼得说得对。

这是一个阳光明媚的周日下午，砖厂的老柳树为他们提供了一片阴凉，他们趴在草地上，一起看螃蟹溪里的鳟鱼自在地游来游去。

"你做得对，我们不能就这么认输。"吉安娜说道，"现在，我们已经不是面包外送市场上的先行者了。"

"先行者应不应该欺负后来的模仿者呢？"彼得打趣道。

"我找机会去问问施密茨先生。但是他肯定不会说先行者要忍受模仿者做的所有事情。"

菲利克斯突然转换了话题："我们应该找出金币背后的秘密……"

"什么意思？"彼得问道。

"金币被藏在单簧管盒子里，卖掉单簧管的人肯定不知道盒子里有金币，不然他肯定不会把单簧管卖掉。"

"有道理。"吉安娜若有所思。

"也许那个曾经拥有这些金币的人现在穷困潦倒，因为他失去了这笔财富。"

"莎拉是不是和你讨论过这个问题？这些都是她告诉你的吧？"彼得有些不高兴。

"不，这都是我自己的想法，我觉得，我们不该拿走任何原本不属于我们的东西。"

"但是施密茨先生说，这些金币就是属于我们的。"彼得提高了音量。

"我们还是应该找到这些金币原来的主人。"菲利克斯坚持己见。

"我赞同菲利克斯的想法，我们必须揭开金币背后的秘密，这也是件很酷的事情。"吉安娜附和道。

"那你们觉得，我们现在该怎么做呢？"

"我们先去问问施密茨先生是从哪里买到的这根单簧管，然后再决定下一步怎么办。等我们找到了这些金币的主人，再商量要不要把金币还给他。"

"我有种不好的预感，"彼得说着，把一根柳枝扔进螃蟹溪，"我们又要像以前一样穷了。"

"如果我们真的归还金币，也许会得到一笔酬金。在此之前，用这笔钱买的股票还可以为我们带来收益，"菲利克斯说道，"也许儿童电视公司的股票会让我们大赚一笔，到时候，我们根本不需要这些金币。这就像我们从一个不认识的人那里借了钱，然后去投资。"

"用借的钱来赚钱，听起来不错，"彼得说着，又把另一根柳枝扔进了螃蟹溪，看着它漂走。然后，他用拳头在地上捶了一下，说道，"好吧，但是如果找不到金币的主人，你们可别垂头丧气。对了，既然现在我们不能再去送面包了，那我们要做些什么呢？"

"别忘了我们的鸡，"吉安娜说道，"你俩不能总是让我一个人去喂它们。我们今天已经有第二个鸡蛋了，现在，是时候整理一下账目了。"

吉安娜开始在她的本子上写写画画。

借		贷	
库存现金	164.70	饲料	10.00
送面包收入	25.90	余额	180.60

"这两个鸡蛋怎么办？"菲利克斯问道。

"它们是属于我们的资产，我把它们记在资产负债表里了。"

小矮人公司资产负债表　7月5日

资产		负债 + 所有者权益	
股票	10000.00	所有者权益	11187.70
鸡	110.00		+26.70
饲料	10.00		
鸡蛋	0.80		
账户	913.00		
库存现金	180.60		
	11214.40		11214.40

13

要失去所有财富了？

利己主义是经济学领域的一个经典话题。

要做一个堂堂正正的人，

不能只想着自己。

I

"**新**秀创新高——儿童电视公司股票暴涨至 85 元。"

施密茨先生刚读到这个大标题，就把报纸放下，说道："孩子们，你们知道这意味着什么吗？你们的股票在短短两周就翻了不止一倍！"

"我们得赶紧算一下。"吉安娜迫不及待地说道。

"我们有 250 股，乘以 85，那就是……21250 元！"菲利克斯惊呼道，"你们觉得这是真的吗？"

"天哪，"吉安娜说道，"我感觉自己在做梦！"

他们坐在花园里，看着鸡啄谷粒。菲利克斯盘算起来。姆巴赫先生还在生他的气，所以周末他们还是不能去送面包。好消息是，他们所有的鸡现在都开始下蛋了，到今天为止，他们已经卖出去150个鸡蛋了。

菲利克斯家的气氛也缓和了很多。《汇报》为他爸爸和其他被解雇的员工发放了一笔补偿款。"情况比预想中要好得多，"爸爸说道，"也许这和报社墙上的标语有关。《汇报》的老板也许担心，如果他对我们太苛刻，人们将不再订阅《汇报》。我真想知道是谁写的那条标语。"

听到爸爸这么说，菲利克斯的脸一下子红了，幸好爸爸并没有注意到这一点。

后来，菲利克斯告诉彼得，他用油漆写的那条标语还是起了一些作用的。彼得得意地咧嘴一笑。

不过，最近这段时间，最让他们开心的，莫过于看着儿童电视公司的股价不停地上涨：41.2元，43元，46.7元……今天甚至从67.4元大幅增长至85元。

这些日子里，菲利克斯几乎确信，他们会变得越来越富有，彼得经常提到的赚够100万也并非遥遥无期。一切发生得太突然了，就在几周前，费舍尔先生还劝说他们满足于几元的利息。

然而，施密茨先生似乎有些担忧："在这么短的时间内翻番，情况有些不对劲。风险越来越高了，我有些难以把握。出现这种情况，要么是米勒女士在几周前看走了眼，低估了儿童电视公司的真正价值，要么就是有人在背后操纵股价。"

"这是什么意思？"菲利克斯问道。

"比如说，有人可以先大量买进，抬高股价，然后再以高价卖出。也可能有人散布谣言，声称儿童电视公司发展得比预期好得多，这样也可以抬高股价。等股价一上涨，他们就立刻把股票抛出。"

"可是股价上涨对我们是有好处的吧？"

"起初是这样。但当其他人发现有人在操纵股价，价格就会暴跌。到那个时候，损失可就太大了。"

"我们问问米勒女士吧！"吉安娜建议道。

菲利克斯和彼得都觉得这是一个好主意。是米勒女士告诉他们什么时候应该买这只股票，那么她肯定也知道什么时候应该卖出。

"你们又打算去法兰克福了？"施密茨先生问道。

"我们也可以打电话。"吉安娜说道。

"打电话？会不会打扰她工作？"彼得提议道，"我们可以给她发一封电子邮件，现在就发。"

2

大家一起走进屋里。彼得坐到电脑前，先把键盘上的杂志和乐谱拿开，然后写下了大家一起斟酌过的下面这段话。

Felix und das
liebe Geld

尊敬的米勒女士：

我们现在应该卖掉儿童电视公司的股票吗？施密茨先生说风险变高了。

菲利克斯，彼得，吉安娜

小矮人公司

写完之后，彼得按下了发送键。

菲利克斯感到有些不安。股市传来的消息越好，他寻找金币主人的愿望就越强烈。虽然他们已经决定揭开金币背后的秘密，但是还没有采取实际行动。

"我觉得，既然我们已经挣了那么多钱，是时候去寻找金币的主人了。即使我们把金币还回去，也能剩下不少钱。"

"你们想找金币的主人？"施密茨先生惊讶地问道，"真巧，我最近还和卖给我单簧管的那个人聊过，因为我想知道那根单簧管是哪个年代的。那个人继承了一位姓韦伯的夫人的**遗产**，单簧管之前就属于她，她没有子女或其他亲人。他也不知道这根单簧管是从哪里来的。韦伯夫人从来没演奏过任何乐器，她已故的丈夫也不通乐理，他们甚至从来没去听过音乐会。这真是一件怪事。"

施密茨先生在桌上的报纸堆里翻出一张照片，继续说道："这是在韦伯夫人的遗物里发现的。"

照片尺寸和菲利克斯家全家福的差不多，只不过不是彩色的，而是黑白的，边缘都已经泛黄了。显然，这是一张老照片。照片上有七个手拿乐器的年轻男子，从左到右，他们手里分别拿着吉他、鼓槌、钹、单簧管、萨克斯、小号和长号。

"现在，我们找到了一张有单簧管的照片，"菲利克斯说道，"线索虽然不多，但我们总算有所收获。"

"也许照片背面还有东西。"吉安娜说道。

他们把照片翻过来，那里果然有人写了字，只不过那些字他们根本不认识。

"这是古德语，"施密茨先生说着，戴上了眼镜，读了出来，"施恩施泰德交响乐团，拍摄于椴树饭店，1935年2月14日。"

"果然是椴树饭店！"吉安娜喊道，"我认出来了，除了新的大门，其他的都和照片里的一样。"

正如吉安娜所说，这张照片确实是在镇上的椴树饭店前拍摄的。仔细观察照片背景，甚至可以看到现在依然立在饭店门口的两棵椴树。看来，这个交响乐团在1935年2月14日在椴树饭店举办过音乐会。这场音乐会对已故的韦伯夫人来说一定非常重要，否则她不会把这张照片保存这么久。

"也许她丈夫在这个乐队里？"吉安娜猜测道。

"我不这么认为，"斯密茨先生说道，"如果是这样，韦伯夫人的房间里一定有乐谱之类的东西。如果一个人开始吹单簧管，他是不会轻易放弃的。"

"可能他懒得练习？"

"不管怎么说，我们已经有了第一条线索，这是最重要的。我们还要继续找下去吗？这可能会让我们失去所有财富。"吉安娜说道。

"我很担心，"彼得看起来有些紧张，"如果失去金币，我们该怎么办呢？我们也得为自己想一想。"

"我外婆说过，要做一个堂堂正正的人，不能只想着自己。"吉安娜说道。

"你说话的语气怎么和莎拉一样？"彼得撇了撇嘴。

施密茨先生说道："利己主义是经济学领域的一个经典话题，著名经济学家**亚当·斯密**对此……"

"他的名字听起来和您的差不多。"吉安娜说道。

"所以我觉得自己和他有某种联系，当然，我是开玩笑的。亚当·斯密是英国的经济学家，他在200多年前就指出，人们在追求自身利益时，由于受到市场中'看不见的手'的驱使，往往能够比出于他们本意时更有效地促进社会利益。我背下了他最经典的一句话：'我们所需的食物并非来自屠夫、酿酒师或面包师的恩惠，而是来自他们对自身利益的关心。我们无须感谢他们的善心，因为这些活动对他们自己也是有利的。'"

"亚当·斯密先生宣扬的利己主义是有害的吗？"吉安娜问道。

"这很难说。不过，你们能站在别人的立场上为别人着想，并因此改变自己的行为，我感到很欣慰。我想说，你们尝试去找金币的主人是一件好事。"

"但是彼得觉得这样不好。"吉安娜说道。

"我可没这么说。这个决定是我们一起做的，不是吗？我只是担心我们会失去所有的财富。"

3

这时，电脑的提示音响起，屏幕上出现了一行字：您有一封新邮件。

"看，有人给我们写邮件了，我们快看看吧！"说着，彼得用鼠标点了一下，屏幕上立刻出现了一段文字："继续持有儿童电视公司的股票，已有收购传言。祝好！玛尔塔·米勒。"

"米勒女士回复我们了！"彼得喊道。

"她写的'继续持有儿童电视公司的股票'是什么意思？传言又指什么？"吉安娜一头雾水。

施密茨先生思考了片刻，然后开口说道："米勒女士的意思是说，你们先不要卖掉股票。她认为有人在一点点地收购儿童电视公司，那个人想持有多数股份，成为控股人。米勒女士应该是听到了风声，但她也没有绝对的把握。但愿一切顺利。"

"这可不行！"菲利克斯喊道，"不能让别人轻易收购我们的电视公司！"

"你们并非拥有这家公司全部的股份，而只是其中很小的一部分。每个人都可以买这家公司的股票，不管他的动机是什么。而且，如果有人买入大量儿童电视公司的股票，对你们来说倒是好事。"

"好事？您是说一个陌生人想占有我们的电视公司是好事？"

"你想，当一个人不停地买一样东西，会发生什么事情呢？"

"这个东西会越来越贵。"

"没错。这个陌生人把股价抬高了，对你们来说是好事。等到时机成熟，你们就可以卖掉股票，获取高额收益。不过米勒女士认为，这个时机还没到，因为那个人还未持有多数股份，因此股价还会继续走高。"

"如果那个陌生人持有多数股份，他会做什么呢？"

"这个我也不知道。也许他可以把儿童电视公司办得更好；他也可能是另一家电视公司的老板，不愿儿童电视公司成为强有力的竞争对手……"

"那刚才您为什么说'但愿一切顺利'？"吉安娜有些不安。

"因为我在想，如果这个人根本不存在，那又会怎么样呢？如果这只是一个谣言呢？"

"但是股价确实还在上涨。"

"是的，谣言也会随股价上涨被传得越来越广，大家会一拥而上抢着购买，就像米勒女士一样。"

"但米勒女士是专业的！"

"我知道，也许是我想错了。米勒女士比我更了解这些事情。"

菲利克斯想起他们在法兰克福的经历，他也不知道如何是好。

"我们有了这张照片，下一步该做什么呢？"他换了个话题。

"很简单，去找关于交响乐团的所有东西，"施密茨先生说道，"如果我是你们，会去报社的档案室看一看。"

"档案室？"彼得问道。

"马尔克斯女士！"菲利克斯突然喊道。

"谁？"吉安娜一脸疑惑地问道。

"马尔克斯女士以前是我爸爸的秘书，《大众报》停刊后，她就转去档案室工作了。档案室里保存着所有过去的报纸。马尔克斯女士肯定会帮助我们找到需要的报纸。"

"但这可是 1935 年的照片啊！"

"这不重要。《大众报》已经有 120 多年的历史了。如果 1935 年确实有这个交响乐团，报纸上一定会有报道，我们也一定能找到。"

4

当菲利克斯和吉安娜、彼得一起走进《大众报》报社时，他有一种奇怪的感觉。这还是他在爸爸失业后第一次来这里。

报社外墙用鲜艳的颜料写着大标语的地方已经被粉刷一新。档案室和以前的编辑部在同一条走廊里，走廊看起来没什么变化，只不过空荡荡的。菲利克斯给两个朋友指了指他爸爸以前的办公室。门没关，爸爸的办公桌和书架还在那里，只是空空的，落满了灰尘，泛黄的报纸堆在角落里。一个陌生男子迎面走来，惊讶地看着他们，但却什么都没有说。他们走到走廊尽头的一扇门前，门牌上写着"档案室"。

菲利克斯敲了敲门，一个女人的声音从里面传了出来："请进！"他们推开门，看到了马尔克斯女士。

"菲利克斯！"马尔克斯女士惊喜地喊了出来，"你们怎么来了？"

"您好，马尔克斯女士！"

"你爸爸还好吗？"

"他还好。"

马尔克斯女士严肃地看着菲利克斯，压低声音说道："你爸爸应该为离开这里而感到高兴，这里不比从前了。《汇报》那些人总是颐指气使，好像他们什么都能做得更好。更糟糕的是，我们做的所有事情都要求降低成本。过不了多久，我可能连需要一支新铅笔都要写书面申请了。不过，能到档案室工作我很高兴，至少我可以清静一些……对了，你们有什么事儿吗？肯定不只是为了来问候我吧？"

菲利克斯简单说了说交响乐团的事，说他们想收集关于这个乐团的信息。他十分谨慎，没有提金币的事。

马尔克斯女士听得津津有味，听完后她说道："这样啊。现在的孩子真是对什么都感兴趣，我帮你们找找看吧。"

说完，马尔克斯女士消失在档案室的书架后面。书架很高，几乎要碰到天花板，上面放满了厚厚的报纸和文件。档案室里弥漫着油墨和尘土的味道，这是菲利克斯最爱闻的味道。

过了一会儿，马尔克斯女士回来了，她腋下夹着一本厚厚的合订本。

"也许能在这里找到你们需要的东西。"说着，她把合订本放到桌上，一阵灰尘随之扬起。

合订本的封面上写着"《人众报》，1935 年"。

"现在，我们来找找 2 月 14 日的报纸吧。"马尔克斯女士打开合订本。

"这些文字好奇怪，"吉安娜皱起了眉，"我根本不认识。"

"我认识，"菲利克斯说道，"爸爸教过我古德语印刷体。"

在马尔克斯女士的帮助下，菲利克斯找到了 1935 年 2 月 14 日的报纸。然而，他在这份报纸上没有找到任何关于交响乐团的信息。

突然，马尔克斯女士拍了一下自己的脑袋，"我怎么没想到呢？如果演出在 2 月 14 日，那么报道肯定不在 2 月 14 日，我们得看两天后的报纸。"

"两天？为什么是两天不是一天？"彼得问道。

"你们想，音乐会肯定在晚上举行，结束时可能已经是深夜了，这时，第二天的报纸早就印好了。"说着，马尔克斯女士翻开 2 月 16 日的报纸，逐字逐句地寻找，但还是一无所获。2 月 17 日的报纸上也没有，一直到 20 日的报纸都没有任何关于交响乐团的报道。

"或许音乐会之前有预告。"菲利克斯推测道。

马尔克斯女士也觉得有这个可能，又往回翻合订本。然而，她一直翻到 2 月 7 日，还是以失败而告终。

"我觉得，再这样找下去也不会有什么收获了。"她说道。

菲利克斯拿起合订本，漫无目的地翻着。他刚准备合上，一则广告突然映入眼帘。

"嘿，看这儿！"他激动地喊道。

广告栏里刊登着一则广告。

狂欢节舞会

1935 年 2 月 14 日

椴树饭店舞厅

演奏者：海因里希·斯塔肯保和他的交响乐团

入场费：2 角

"找到了！"菲利克斯欢呼道，"海因里希·斯塔肯保！我们必须找到他。"

"他们说的椴树饭店舞厅是什么意思？"吉安娜问道，"那里根本没有舞厅。"

"那里曾经确实有过一个舞厅，"马尔克斯女士说道，"我记得我小时候，每周六晚上那里都会举办舞会。后来舞厅被拆除了，改建成了停车场。"

"我们怎么才能找到这位斯塔肯保先生呢？"菲利克斯问道。

马尔克斯女士微笑着说："对一个管档案的人来说，这再简单不过了。"她拿起电话，拨了一个号码。

"您好，请问是居民登记处吗？我是《大众报》档案室的卡罗拉·马尔克斯。我想问……是的，我知道，按理说您不能在电话里透露任何信息，但是请您为我破一次例吧，我想找一位名叫海因里希·斯塔肯保的先生……"

等了几分钟，马尔克斯女士惊讶地说道："啊，弗里德里希街14号是现在的哪条街？塔尔街？什么？在俄罗斯。好吧，非常感谢。"

马尔克斯女士挂断电话，对菲利克斯说道："你们遇上难题了。这位斯塔肯保先生早年去了俄罗斯，现在已经去世好多年了。他在世的时候住在弗里德里希街。"

"就是现在的塔尔街？"

"没错，塔尔街当时就叫这个名字。如果我是你们，就亲自到那儿去一趟，看看还有没有人认识这位斯塔肯保先生。除此之外，我也不知道还有什么办法了。"

5

塔尔街 14 号是一座新建成的房子。

"这座房子在 1935 年肯定还没有建成。"彼得说道。

尽管如此，他们还是决定去打听一下。他们按了门铃，一位怀抱婴儿的年轻女士开了门。她非常友好，可她说自己从没听说过斯塔肯保先生。

菲利克斯他们没有放弃，又去塔尔街上的其他人家打听。14 号左边的房子里住着一位男士，他的态度就没那么友好了，他说自己既不认识叫斯塔肯保的人，也想不起来有谁叫这个名字。14 号右边的房子里住着一位老人，从他的年龄看，他有可能认识斯塔肯保先生，然而他也否认了。

"以前这里确实有一座老房子，不过后来被拆掉了，"老人说道，"我也不知道那座老房子里住着什么人。"

"就这样吧，"彼得叹了口气，"反正我们尽力了。"

经济学小词典

遗产： 去世的人留下的财产。在德国，遗产继承人继承的遗产超过一定数额时需要缴纳遗产税。

亚当·斯密： 英国著名经济学家。他在代表作《国富论》中提出，人们在追求自身利益的同时，无意中也在为公共利益服务。

14

寻找交响乐团的线索

小心驶得万年船。

股市大涨时，就要考虑如何保证资产安全。

I

暑假转眼就过去了[1]。新学期第一天，在这个阳光明媚的早晨，菲利克斯却心不在焉。

凯伊坐在靠窗的座位。刚才，他故意把自己的自行车停在菲利克斯的自行车旁，冷笑着说："这周日你需要面包吗？"

菲利克斯假装什么都没听到，可是他心里怒火中烧。这样一动不动地坐在教室里，他突然感到很不习惯，思绪一次次飘远。

股价还会上涨多少呢？在假期的最后一周，股价已经突破了100元，今天达到了101.1元。他们的股票现在值25275元。

---

[1] 与国内不同，德国很多小学的暑假在8月初就结束了。——编者注

鸡蛋带来的收入也很可观。鸡蛋放在吉姆皮里太太的冰激凌店里出售，每周可以卖出 130~140 个。吉姆皮里太太送给他们一个漂亮的篮子，装满鸡蛋的篮子就放在店里的柜台上，方便客人挑选。吉安娜还画了一块招牌，上面写着"小矮人鸡蛋篮"。他们还从修剪草坪和其他工作中赚了一点儿钱。小矮人公司正在稳步发展，可惜金币的主人至今依然毫无线索。

"菲利克斯·布鲁姆！"雷曼老师的声音打断了他的思绪。这位数学老师大概已经在他的座位旁站了好一会儿，全班同学都看着他，等着接下来的好戏，有些人甚至在偷着乐。

"你可以回答一下 144 的平方根是多少吗？"

"25.275。"菲利克斯脱口而出。

全班哄堂大笑。凯伊乐不可支，笑得特别大声。

菲利克斯觉得自己的脸红透了。他生自己的气，也生雷曼老师的气，他觉得老师在戏弄他。

雷曼老师！

突然，菲利克斯灵光乍现。雷曼老师给他们讲过很多发生在过去的事，如果说有谁可能知道施恩施泰德交响乐团，那这个人很可能就是雷曼老师！

菲利克斯正襟危坐，决定好好听课，他不想再次惹恼雷曼老师。

下课铃响后，他走到讲台前去找雷曼老师。雷曼老师有些吃惊地看着菲利克斯，像往常一样，他用手拢了拢那头雪白的头发。

"什么事？你从没像今天这样，上课时注意力不集中。"

"对不起，雷曼老师。我想向您请教一个问题。"

"问吧，什么问题？"

"您知道很多发生在过去的事，对吧？"

"可以这么说，怎么了？"

"那您知道施恩施泰德交响乐团吗？"

"施恩施泰德交响乐团？很早以前确实有过。怎么了？"

菲利克斯简单讲了讲单簧管和那张老照片的事，当然，他没有提到金币。

"这张老照片背后有什么有趣的故事吗？"雷曼老师问道。

菲利克斯回答得很笼统。他说因为自己吹单簧管，所以很好奇这根单簧管曾经属于谁。

雷曼老师对这个回答没有起疑心，他说道："1935 年的事情……"他在一张纸上记了下来，"我得去查一查，明天再告诉你。"

他又提醒菲利克斯："研究历史也好，办公司也罢，我都支持你。不过我还是希望，你能够保持对数学的热爱。"

2

"看看这报纸，像什么样子！"菲利克斯的爸爸厌恶地把《汇报》

推到一边。"这算什么经济版？除了几张照片，什么都没有！我真庆幸自己不用继续在那儿工作。"

"马尔克斯女士也是这样说的。"菲利克斯安慰爸爸。

"别再抱怨了，一点儿用都没有，"妈妈不满地说道，"咱家汽车的排气管总是发出奇怪的响声，减震器也该检修一下了。"

"现在是花钱修车的时候吗？"布鲁姆先生尖锐地反驳道，"我们应该把钱攒起来，直到我找到新工作。"

菲利克斯偷偷把头缩了回去。妈妈针锋相对地说道："你觉得这辆车能支撑到你找到新工作吗？好了，我现在必须回到电脑前去翻译书稿，否则我就不能按时完成了。对了，家里该买点儿吃的了。"

妈妈起身离开了，餐厅里又被那种菲利克斯最讨厌的令人窒息的气氛笼罩。

"好吧。"爸爸叹了口气，开始收拾餐桌。过了一会儿，他问道："你为什么去找马尔克斯女士？"

菲利克斯简单讲了讲他们的计划，以及现在的进展。

"这样啊，"爸爸说道，"如果找到了金币的主人，你们准备好把10000元交出去吗？这可不是个小数目。"

爸爸话锋一转，突然夸奖道："我觉得你很勇敢，我为你感到骄傲。不过我从没听说过施恩施泰德交响乐团。"

爸爸又拿起报纸，说道："这个你们可能会感兴趣。美国可能会在短时间内上调存款利率。"

"然后呢？这和单簧管有什么关系？"

"和单簧管没关系，但和你们的股票有关系。利率提高，对股市不利。你看这篇文章。"

美联储主席发出警告

在最近的一次议息会议中，美联储主席发出警告，他认为市场已经出现了过热的信号。美联储将密切关注事态发展，并积极应对可能出现的通货膨胀。此次议息会议后，**华尔街**股市大跌，**道琼斯指数**下跌了 34.89 点。

"美联储就是**美国联邦储备系统**，是美国的中央银行，主要负责制定货币政策。"爸爸解释道，"道琼斯指数相当于美国的达克斯指数。你们在法兰克福时，应该已经知道达克斯指数是什么了。"

"没错，"菲利克斯点点头，"但我还是不明白报纸上写的这些是什么意思。"

"美国的经济增长速度非常快。美国人赚的钱多了，花的钱也多了。美联储主席担心越来越多的公司借此机会抬高商品价格，这会导致通货膨胀，货币就会贬值。为了防止这种情况发生，美联储可以提高存款利率来应对通货膨胀。"爸爸解释道。

"这和我们的股票有什么关系？"

"如果存款利率提高，那么购买具有固定利率的债券就会获得更多收益，因此很多人会卖掉股票去买债券。这样一来，股价就会下跌。纽约股市昨天已经开始下行了。"

"那是美国，与我们这里不一样。"

"不，我们这里也是一样的。报纸上还写着'达克斯指数下跌了23点'。"

"但是儿童电视公司的股价还在上涨，"菲利克斯仔细看了看股市行情，说道，"已经涨到102.7元了！"

"也许是你们运气好。不过，小心驶得万年船。如果我是你们，我会开始考虑如何保证资产安全。"

说完，爸爸从桌子的抽屉里取出钱包，说道，"儿子，一起去买点儿吃的怎么样？"

不管怎么说，爸爸失业有一个明显的好处——他现在大部分时间都在家里。时间就是金钱，菲利克斯想起他和施密茨先生第一次谈话的情景。爸爸忙于工作时，很少有时间陪伴自己；现在爸爸有时间了，可他却没有钱了。

在超市里，菲利克斯注意到爸爸买的都是特价商品。他不解地问道："您不是说过，买特价商品得不偿失吗？宁可多花一点儿钱，也要买质量有保证的东西。"

"我说过这种话吗？可这种做法只适用于家里经济条件比较好的时候。"爸爸叹了口气。

在超市外的停车场，他们遇到了雷曼老师。雷曼老师是骑着自行车来超市的，他去哪儿都骑自行车。

"爸爸和儿子一起购物？堪称模范！"他从自行车上下来，和菲利克斯打了个招呼。

"我正好有个好消息要告诉你，我找到了一些关于那个交响乐团的信息。"

"太好了！"菲利克斯欢呼道。

"你能想到吗？其中一名乐团成员后来居然成了我们学校的老师。他是拉低音提琴的，教过音乐课。"

"您是怎么找到他的？"菲利克斯问道。

"很多年前，他给校报写过一篇文章。"

"他叫什么名字？"

"法兰克·布姆。"

3

刻有法兰克·布姆名字的黄铜门牌已经褪色，一半都被常春藤遮住了。菲利克斯按门铃时，不得不把常春藤拨到一边。

门铃响了好长时间，里面都没有动静。菲利克斯、彼得和吉安娜正打算离开，就听到房子里传来脚步声。门打开了，门口站着一位弓着背、挂着拐杖的矮小的老人。

"你们有什么事？"老人问道。

"请问您是布姆先生吗？"吉安娜很礼貌地问道。

"是的，你们是？"

"我们是这个学校的学生，想向您打听施恩施泰德交响乐团。"

"交响乐团？"老人脸上瞬间有了神采，"没想到现在还有人对这个感兴趣！进来吧。"

他带孩子们走进一间昏暗的小房间，说道："可惜我没什么东西招待你们。"然后，他一瘸一拐地走到一个玻璃陈列柜前，取出两个相框。

孩子们凑过去看照片，其中一张是合影，照片上交响乐团的成员们坐在一棵人造棕榈树前。另一张是单人照，照片上，一个留着小胡子的小个子男人旁边立着一把低音提琴。

"这是我年轻时拍的照片。你们会演奏乐器吗？"

"我会吹单簧管。"菲利克斯说道。

"我会拉低音提琴。"彼得说道。

"哈哈，最大的乐器总是由最矮的人来演奏。我跟你们说，我们当时可是一个很棒的乐队，"布姆先生脸上浮现出幸福的表情，"有很多粉丝。不过那都是很久以前的事了。你们到底想知道关于交响乐团的什么事呢？"

"我们想知道吹单簧管的人叫什么名字，现在住在哪儿。"菲利克斯说道。

"吹单簧管的人？"老人盯着合影看了好一会儿。

"我们想向他打听一些事情。"吉安娜补充道。

"我不想再重提往事了。"

"他现在究竟怎么样了？"吉安娜固执地追问道。

"如果他还活着，会生活得很幸福。抱歉，我已经说了太多话，医生不允许我这样。"

孩子们不知所措地站了起来。在向外走的时候，菲利克斯的目光再次停留在那张合影上。

"我们不能就这么放弃。"菲利克斯下定决心。

经济学小词典

华尔街：纽约的一条街道，是美国的金融中心。举世闻名的纽约证券交易所就位于华尔街。

道琼斯指数：美国最重要的股票指数，反映了美国股票（其中包括30种美国最重要的工业股票）市场行情的变化。1897年起，由道琼斯公司每天计算和公布。

美国联邦储备系统：美国的中央银行，主要负责制定货币政策。

15

卖掉所有股票

不要太贪心，
永远不要只想着获得最大收益。

I

菲利克斯他们向施密茨先生讲了拜访布姆先生的经历后，施密茨先生说道："我们再去一次吧。"

施密茨先生似乎格外激动，他在店门口挂了块牌子，上面写着"马上回来"，然后锁上门，和他们一起再次去了布姆先生家。

布姆先生的房子周围的篱笆显然已经很多年没有修剪了。施密茨先生四下打量了一番，然后走向那座房子，按响了门铃。

他们等了好一会儿都没有动静，施密茨先生又按了一次门铃。终于，门锁转动了，门缓缓打开。

"我们想问您一些事情。"布姆先生刚想把门关上，施密茨先生就以迅雷不及掩耳之势，飞快地用脚抵住门，然后用菲利克斯从来没有听过的兴奋的语气大声说道："我们只是想知道，合影里那个吹单簧管的人在哪里。我们想把这件事情登在康德中学的校报上。"

"进来吧。"布姆先生犹豫片刻，打开了门。

"那个吹单簧管的人现在在哪里？"施密茨先生又一次问道。

布姆先生步履蹒跚地走到玻璃陈列柜前，打开柜门，拿出一沓用橡皮筋绑着的纸。他解开橡皮筋，拿出其中一页纸，把它放到了桌上。

纸上写着下面的内容。

最新消息！

施恩施泰德交响乐团诚邀您参加狂欢节舞会。

时间：1935 年 2 月 14 日 20:00

地点：椴树饭店

入场券价格：2 角

"和报纸上写的几乎一样！"菲利克斯小声说道。

布姆先生缓缓开口："如果你们一定要听这些陈年旧事，那我就讲讲吧。上学时，海因里希、马丁和我是非常要好的朋友，我们都对音乐特别着迷。1935 年高中毕业后，我们成立了一个交响乐团。海因里希吹小号，马丁吹单簧管，我拉低音提琴。"

"您的朋友马丁姓什么呢？"施密茨先生问道。

"弗里德曼。他父亲是一名牙医，在土豆市场开了一家诊所。我们还找了其他几个喜欢音乐的男孩，举办了第一场音乐会。当时，现场的气氛特别活跃，观众兴奋极了。"

施密茨先生打断了他："弗里德曼后来怎么样了？"

"没过多久，他父亲去世了，他和妈妈移民去了美国。"

"您知不知道他现在在哪里生活？"

"不知道。有人说他在美国赚了很多钱，但我不知道这传言是不是真的。"

"他那根单簧管呢？"菲利克斯急切地问道。

"我怎么知道？他应该带走了吧。"

2

"吃点儿东西吧。"他们回到乐器行后，施密茨先生说道。暮色四合，他们坐在花园里一边吃爆米花，一边看他们养的那群鸡。

"我能理解布姆先生，"菲利克斯说道，"最好的朋友离开了，此后再无音讯，他肯定很伤心。"

"现在，我们必须把美国所有名叫马丁·弗里德曼的人都找到，然后问问他们是否曾经是施恩施泰德交响乐团的一员。这样，我们一定能找到金币的主人！"吉安娜踌躇满志地说道。

"你说得可真容易。"菲利克斯叹了口气。

"前提是他还活着。"施密茨先生补充道。

"如果他真的发了财，可能就不需要我们把金币还回去了。"彼得抱有一丝侥幸。

"别做白日梦了，我外婆说过，越富有的人越爱财。"吉安娜反驳道。她紧接着提议："我们现在就上网搜搜这位马丁·弗里德曼先生怎么样？如果名字正确，我们可能会找到一些有用的信息。"

彼得打开电脑，在搜索框里输入"马丁·弗里德曼"，搜索结果立刻跳了出来：马丁·米勒，系统工程师；米歇尔·弗里德曼，教授，在比勒菲尔德大学任教……

"所有名字里包含马丁或者弗里德曼的人都显示在这里，我们总不能逐一去核查这36000多条信息吧？这样不会有进展的！"菲利克斯喊道。

"我们再试着搜索一下包含马丁·弗里德曼的所有电子邮件地址，"点击了几下鼠标后，彼得欣喜地说，"现在范围缩小了，只剩131条信息了。"浏览之后，他喊道："这里有一个马丁·弗里德曼，可能就是他！"

吉安娜反问道："你怎么知道我们要找的马丁·弗里德曼的电子邮件地址一定包含他的名字呢？他住在哪儿？"

"在美国的某个地方……"

"我不觉得他是我们要找的人。我们要找的弗里德曼先生如果还活着，应该和吉安娜祖母的年纪差不多，这个年纪的老人很少有会用电脑的。"

"除了试试给这个人发邮件，还有更好的办法吗？"彼得问道。

大家都一筹莫展，只好坐在屏幕前，向彼得口述邮件内容。

亲爱的弗里德曼先生：

您知道施恩施泰德交响乐团吗？如果您知道，我们有一个非常重要的消息要告诉您，事关您的单簧管。请您看到邮件后联系我们。

菲利克斯·布鲁姆，彼得·瓦尔泽，吉安娜·吉姆皮里

彼得点击了发送键，然后向菲利克斯眨了眨眼："搞定了。"

"我们耐心等待吧。"施密茨先生说道。

就在这时，电脑的提示音响起，屏幕上出现了一行字：您有一封新邮件。

"不会吧？怎么可能这么快就收到回复？"

彼得连忙点开新邮件："天哪！是米勒女士发来的邮件，她说儿童电视公司出了些问题，让我们明天以110元的价格卖掉股票。"

"米勒女士到底想干什么？"施密茨先生抱怨道，"我不喜欢她一会儿这样，一会儿那样。她先让你们赶紧买进，现在又让你们赶紧卖掉。"

"这背后肯定是有原因的，"吉安娜笃定地说道，"我相信她。"

3

第二天，菲利克斯他们以每股 110.3 元的价格卖掉了所有儿童电视公司的股票。刨去各种费用后，他们一共收入 27190.7 元，加上之前账户里的 913 元，现在他们的账户里有 28103.7 元。他们坐在乐器行里，吉安娜在本子上做了新的资产负债表。

小矮人公司资产负债表 8 月 7 日

资产		负债 + 所有者权益	
股票		所有者权益	28529.50
鸡	110.00		
饲料			
鸡蛋			
账户	28103.70		
库存现金	315.80		
	28529.50		28529.50

"我们的鸡蛋去哪了？"彼得问道。

"都卖了，"吉安娜说道，"338 个鸡蛋，一共卖了 135.2 元，不错吧？加上之前的库存现金 180.6 元，我们现在的库存现金是

315.8 元。"

"你们应该好好算一下利润,"施密茨先生提议道,"到目前为止,你们的支出有多少? 收入有多少? "

吉安娜往回翻了翻,"买冰激凌 22.3 元,买鸡 110 元,买饲料一共 30 元,租保险箱 35 元,银行手续费 128 元。收入的话,除了股票收入,其他收入是 339.3 元"

"现在我们来学习复式记账法中的**收付记账法**,这种方法能够展示收入和支出的情况。"

施密茨先生拿起本子,画了下面的表格。

小矮人公司收支表 8 月 7 日

支出		收入	
股票	10000.00	股票收入	27190.70
保险箱	35.00	其他收入	339.30
银行手续费	128.00		
鸡	110.00		
饲料	30.00		
冰激凌	22.30		
利润	**17204.70**		
	27530.00		27530.00

"我们一共挣了 17204.7 元。"彼得郑重地说道。

"现在,我们可以把资产负债表的右栏写得更详细一点儿,"施密茨先生说道，"你们看。"

小矮人公司资产负债表　8月7日

资产		负债＋所有者权益	
股票		所有者权益	11324.80
鸡	110.00	利润	17204.70
账户	28103.70		
库存现金	315.80		
	28529.50		28529.50

"为什么所有者权益突然少了这么多？"菲利克斯大吃一惊。

"因为我把它分为两部分，一部分是你们在购买股票之前已经拥有的，另一部分是你们购买儿童电视公司的股票赚到的利润。你们下次再做资产负债表时，利润可以和原来的所有者权益放在一起，成为新的所有者权益。"

菲利克斯突然产生了一个疑问：他们为什么要卖掉股票？虽然大部分股票的价格都在下跌，但是儿童电视公司的股价还在上涨，已经超过了112元。如果他们没有听米勒女士的建议卖掉股票，他们今天还能多挣将近500元。

"但愿米勒女士知道自己在做什么。"菲利克斯说道。

"她肯定知道。"吉安娜虽然嘴上这么说，但她看起来并不像昨天那么有信心。

　　"你们不要太贪心，"施密茨先生说道，"永远不要想着获得最大收益，现在的情况已经非常不错了。你们的钱已经到账了，你们可以平心静气地考虑下一步该如何投资。现在的市场看起来不太稳定，人们担心存款利率会提高。"

　　"人们为什么担心呢？存款利率提高不是好事吗？"菲利克斯问道。

　　"是的，可是这样一来，股市行情会下行。"

　　"为什么？"

　　"假设你们有一笔 100 元的债券，其利率是 5%，与存款利率相同，那么你们每年可以获得 5 元利息。如果存款利率提高到 6%，那么 100 元钱存入银行每年可以获得 6 元利息。同样的 100 元钱，存入银行能获得 6 元利息，谁还会买只能获得 5 元利息的债券？"

　　"没有人会这么做。"

　　"因此，债券的价格会降低，低到人们可以得到 6% 的利息。"

　　"差不多要降到 83 元左右吧。"菲利克斯说道。

　　"你是怎么算出来的？"吉安娜惊讶地问道。

　　"这只是简单的比例运算，你可以用 100 乘以 5%……"

　　"我还是听不懂。"吉安娜看起来有些苦恼。

　　施密茨先生在纸上写了几个数字，解释道："83.3 元的 6% 差不多等于 100 元的 5%。当债券变得便宜了，买的人就多了。许多股票持有者会出售股票，买进债券。这样，股票的需求就降低了，股价也就随之而降低。"

"我一直以为买债券是非常安全的，"菲利克斯说道，"为什么债券价格也会跌那么多呢？"

"买债券之所以安全，是因为债券早晚会到期。也就是说，借钱的人终归要把钱还回来。在德国，大部分**国债**期限一般是十年。十年后，人们可以确保拿回本金，当然前提条件是国家没有破产。但是，在债券到期之前，价格可能会大幅波动。"

"利率为什么会提高呢？"吉安娜问道。

"因为央行，比如欧洲中央银行或美国联邦储备系统都会担心通货膨胀。如果物价上涨，钱就会贬值，因此央行就要提高钱的价值。"

"原来如此。"吉安娜点了点头。

这时，电脑提示音又响了起来——他们又收到一封新邮件。

"也许是米勒女士写给我们的，告诉我们股票的情况。"吉安娜满怀期待地说道。

然而，这不是米勒女士发来的邮件。

你们好，你们发邮件来是想跟我聊聊单簧管吗？很遗憾，我对单簧管没兴趣，不过我可以和你们聊聊棒球。我棒球打得很好，是高中校队的投手。你们学校也有棒球队吗？顺便问一下，施恩施泰德是什么意思？

马丁·弗里德曼

"听起来他可不像 1935 年在施恩施泰德交响乐团演出过的人。"
菲利克斯说道。

"的确如此。"吉安娜表示同意。

菲利克斯说:"看来这不是我们要找的马丁·弗里德曼。"

"我不得不承认,我已经无计可施了,"施密茨先生摇了摇头,
"也许找不到金币的主人并不是一件坏事,你说呢,彼得?"

彼得没有回答,他早就走了。他肯定是趁大家不注意,偷偷溜
出了乐器行。可他为什么要这么做呢?

"彼得经常这样吗?"施密茨先生问道。

"不,"菲利克斯摇了摇头,"他以前从来没这样过。"

"他今天有点儿反常。"吉安娜补充道。

菲利克斯有些生彼得的气,可是又很担心他。

4

和施密茨先生告别后,吉安娜去了土豆市场,菲利克斯骑上自
行车准备回家。

路上,菲利克斯脑子里灵光一闪。他没有直接骑回家,而是继
续向山坡上骑去。当他来到螃蟹溪边时,看到彼得就坐在那里。他
点了一小堆篝火,正在用锡纸包一条鳟鱼。

"你怎么在这儿？刚才怎么一声不吭就走了？"菲利克斯带着几分责备说道。

彼得把鳟鱼放进火堆里："你别惹我。"

菲利克斯沉默了一会儿，盯着火堆，开口问道："彼得，你到底怎么了？"

彼得把火堆里的鳟鱼翻了个面，然后跳起来，突然冒出一句："你怎么一点儿主见都没有？钱明明是我们的，你却让施密茨先生和米勒女士一直指挥我们该怎么用钱。因为你和凯伊闹矛盾，我们都不能再送面包了。你还想找到那个吹单簧管的人，让他把我们的金币拿走！"

"可我们不是还没找到他吗？而且无论如何，我们都会剩下很多钱。我们现在还不知道他是不是真的想要回这些金币。"

"如果他想呢？我原以为，我和你可以一起做一些事情，只有我们，你懂吗？而不是和那些成年人！"

"可是儿童电视公司的股票让我们的钱翻倍了呀。"

"没错！可现在怎么办呢？我们只能坐在这里，等那个弗里德曼先生拿走我们的钱！"彼得把一根小棍远远地扔了出去。

"你有什么建议？"

"如果我有，就不会这么生气了。"

"我们是不是应该停止寻找弗里德曼先生？"

"可我们都已经开始了，难道要半途而废？"

"那怎么办？我们去擦鞋吗？"

"我才不会去给别人擦鞋，我本来也没打算做这个。"

菲利克斯不说话了。

"继续说呀！"彼得不满地说道。

"说什么？无论我说什么，你都觉得我在胡说八道。"

"如果一个人生气了，有个朋友可以一直说到他不再生气为止，这样也挺好。所以，继续说吧！"

"我可以吃一块你的烤鱼吗？"

彼得咧嘴一笑。他们两个人安静地坐在那里，开始吃烤鱼。

经济学小词典

收付记账法：复式记账法的一种。左边记录支出，右边记录收入。利润记在左边，亏损记在右边。如果使用收付记账法，文中普尔普造纸厂的账目看起来是下面这样的。

支出			收入	
工资和薪金	5 亿元		纸张销售	9 亿元
原材料	3 亿元		亏损	1 亿元
折旧	2 亿元			
	10 亿元			10 亿元

在大多数情况下，账目以报表的形式呈现。

纸张销售	9 亿元
– 工资和薪金支出	–5 亿元
– 原材料费用	–3 亿元
– 折旧	–2 亿元
亏损	1 亿元

国债：国家发行的债券。由于国债的发行主体是国家，它被人们认为是最安全的投资工具。

16

该出手时就出手

期货交易的关键就是展望未来。
它的风险很高，
但收益也很高。

I

第二天上完数学课，雷曼老师问菲利克斯："你们从布姆先生那里打听到关于交响乐团的消息了吗？"

菲利克斯向雷曼老师讲了事情的经过，说他迫切希望找到那个吹单簧管的人。

雷曼老师看着菲利克斯，十分吃惊地说道："你这样简直像在追星。不过你刚才说，那个人移民去美国了？如果是这样，事情可能就很简单了。镇长去年5月邀请了一批海外游子返乡，弗里德曼先生可能就在其中。你们可以去报社档案室找一找相关资料。"

当菲利克斯独自一人再次来到档案室时，马尔克斯女士幽默地说道："你这股钻研劲儿和你爸爸真像。"说完，她消失在书架后面，很快带着一个文件夹回来了。文件夹的封面上写着"外国友人来访记录"。她翻阅了一会儿，然后把一篇文章放在菲利克斯面前。文章标题是《家乡巨变，邀请游子回乡参观》。

这篇文章是去年 5 月 14 日在报纸上发表的。当时，镇政府接待了 24 位返乡游子，镇长还向他们介绍了家乡的变化。文章后附了一张照片，照片上是一群老人。菲利克斯用手指挨个划过照片下面的名字：佛里德尔·米勒、亚隆·科尔、罗莱·林格尔、莎拉·莫斯基……24 个名字里，没有马丁·弗里德曼。

"也许他已经去世了。"菲利克斯推测道。

"也许并没有，他只是没有时间来。"

说完，马尔克斯女士开始打电话。她先问候了电话另一端的人，然后问他马丁·弗里德曼去年有没有返乡。过了一会儿，她在纸上写了些什么，向对方道谢后挂了电话。然后，她转身对菲利克斯说道："孩子，你是对的，确实有个叫马丁·弗里德曼的人。我刚才问了镇政府的工作人员，他当时找到了弗里德曼先生的地址，并给他寄了邀请函，但却没有收到回复。"

"也许弗里德曼先生真的去世了。"

"我不这么认为，否则镇政府的工作人员应该知道。这是他的地址：美国新泽西州云杉大街 28 号。不过，为什么这个人对你这么重要？”

“为、为什么……”菲利克斯结结巴巴地说道，“因为他也吹单簧管啊。”

“就因为这个？”

“是的。”

马尔克斯女士不解地摇了摇头，回去工作了。

菲利克斯立刻骑上自行车，去加油站找彼得。

“你来了，菲利克斯，我有大新闻要告诉你！”

“什么？你也有大新闻？”

“新闻里说，儿童电视公司的管理者被捕了！他发布过于乐观的信息，操纵股价，从中牟取暴利。”

“怎么会这样?!”菲利克斯惊呼道。

“你怎么看？”

“幸好我们卖掉了股票，否则就一无所有了。”

“没错。对了，你有什么新闻？”

菲利克斯说，他找到了马丁·弗里德曼的地址。

彼得皱了皱眉：“来得快，去得快。我们马上就要失去这笔财富了。菲利克斯，你必须承认，你真的很固执！”

“不好吗？”

“算了，不说这些了。”

2

这时，一阵震耳欲聋的马达声传来，两个人都愣住了。他们抬起头，看到一辆红色跑车向加油站驶来。

"法拉利！"

"声音真大。"菲利克斯感叹道。

跑车停在油箱旁，车门打开，里面的人走了下来。他看起来很像菲利克斯在证券交易所见到的那些人，身上大红色的背带裤十分引人注目。

在他加油时，彼得忍不住走过去，赞叹道："这车真酷！需要挣很多钱才能买这样一辆车吧？"

这位陌生的男士笑着说道："确实。"

"那您是怎么做到的？"

"靠大宗商品**期货交易**。你知道这是什么吗？"

彼得灵机一动："这和证券交易有关吗？"

"差不多。你们长大就明白了。好了，油加好了，我要走了。"

"我们对您说的期货很感兴趣。我们买了儿童电视公司的股票，并成功在高位卖出。现在，我们在寻找新的投资机会。"

那位穿红色背带裤的男士看起来十分震惊，他问道："你们为什么买股票？"

"不然我们该用自己的钱做什么呢？"彼得反问道。

　　那位男士靠在车上，打量着两个孩子。过了一会儿，他向彼得伸出手，介绍道："我叫威利·拉普克，在法兰克福进步投资公司工作。你们真的要投资吗？"

　　"是的。"

　　"我先打个电话。"说完，拉普克先生从车里拿出手机，走到远处打了一通电话。然后，他把手机放回车里，拿出一本黑色小册子，小册子封面上印着几个金色的字——进步投资。

　　"你们可以在这里找到关于大宗商品期货的信息。小册子背面有我的电话号码，你们如果有不懂的地方，可以给我打电话。幸运的话，进行商品期货交易，可以得到 70% 的收益，这可比存款利息高多了。"

　　"买儿童电视公司的股票，我们的收益高达 100%。"菲利克斯这才加入了对话。

　　"你们考虑一下吧，这确实是件值得做的事情。"

　　拉普克先生付了钱，开车离开了。

　　"听起来很诱人，"菲利克斯说道，"但也有风险。"

　　"70%，你想象一下！"

　　"我们应该问一下施密茨先生。"

　　"别再问施密茨先生了，这次我们自己做主，我们应该靠自己的努力来了解期货交易。除此之外，我们现在也需要它带来的收益，因为我们的金币马上就要物归原主了。来吧，我们给在美国的弗里德曼先生写信吧！"

他们起草了下面的信。

尊敬的弗里德曼先生：

您好。请问您是否曾经在施恩施泰德交响乐团演奏过单簧管？我们从已故的韦伯夫人那里找到了一根单簧管，它可能曾经属于您。我们想问您一些非常重要的问题。

另外，您可以给我们发电子邮件！

菲利克斯·布鲁姆，彼得·瓦尔泽，吉安娜·吉姆皮里

他们在"非常"这个词下面加了着重号，还附上了电子邮箱的地址，然后拿着信去了邮局，把它寄往美国。

"倒计时开始了，"彼得说道，"我们要在失去这笔财富前，尽量用它多赚些钱。"

3

拉普克先生给的小册子里的内容，彼得、菲利克斯和吉安娜完全看不懂。他们试图通过一堆数字和专业词汇理解大宗商品期货交易，但是无济于事。菲利克斯想去问爸爸——尽可能笼统地问，这

样爸爸就不会干涉自己的事情了。

晚上，菲利克斯到家时，饭菜的香味已经飘了出来。爸爸做好了晚饭，而妈妈还在房间里工作。自从爸爸失业以来，这种情况经常发生。他感觉父母不再像以前那样频繁地争吵了。

"你做饭太有天赋了！"吃晚饭时，菲利克斯的妈妈赞叹道，"可惜以前你做饭的机会太少了。"

爸爸笑了笑，擦掉嘴角沾上的肉酱，又把锅里剩的面条盛出来。晚饭后，全家人还一起玩了大富翁，虽然妈妈不太喜欢这个游戏，但是当菲利克斯获胜后，她还是很高兴："菲利克斯，你真的很有经济头脑。"

好机会！菲利克斯假装随意地问道："爸爸，什么是期货交易？"

"期货？小矮人公司现在想做大生意了？"

"不，我只是在报纸上读到过，很感兴趣。"

"好吧。我怎么和你解释这个问题呢？通常情况下，如果你买了东西，比如说自行车轮胎，你会马上把它拿回家，对吧？"

"是的。然后呢？"

"期货不是这样的，它是指向未来的。也就是说，你买某样东西，是为了以后拥有它。"

"就这么简单？"

"没错。如果妈妈周三从面包店订购面包，周六才把它取回来，这其实就是一笔期货交易，虽然人们不会这么叫。"

"期货交易可以让我们变得富有吗？"

"有人和你这么说了？"

"没有，我只是好奇。"

"好吧。面包不适合作为期货市场上交易的商品，不过其他商品就不同了，比如咖啡。举个例子，假设你买了 1000 袋咖啡，每袋 150 元，半年后取货。不久后，一场寒潮使巴西的咖啡收成减少了一半，所有咖啡经销商都担心圣诞节没有咖啡可以供应，于是咖啡价格涨到了每袋 200 元。这样一来，其他人都要以这个价格买咖啡，而你不用，因为你以低于市场价 50 元的价格买了咖啡期货。如果你在这时卖出，就能赚 50000 元。除了咖啡，还有各种各样的商品可以在期货市场上交易，比如小麦、丝绸、铜、铅、猪肉……"

"猪肉？"

"没错。"

"那我们不如买期货吧，这样也许就能发财了，您也不用再找工作了。"

"如果真这么简单就好了。猪肉、咖啡和其他商品不会一直涨价，也有降价的可能。投资是有风险的，可能会让你损失很多钱，所以我从来不做这些事情。或许等我真的有闲钱的时候会去试试，那也是很刺激的。"

4

菲利克斯和伙伴们约好，周六在螃蟹溪边见面。天气很凉爽，秋天的脚步近了。在溪边的灌木丛里，菲利克斯看到了彼得和吉安娜的自行车，看来他俩已经到了。

彼得拿出拉普克先生给的小册子，说道："现在，我们讨论一下新投资吧。我把这本册子翻来覆去看了好几遍，还是看不懂。"

菲利克斯说了他从爸爸那里了解到的情况："如果我没理解错，期货交易的关键就是展望未来。它的风险很高，但收益也很高。"

"我觉得关于咖啡，问题的关键并不在于咖啡商人是否真的会买咖啡，而在于他们是否担心。施密茨先生也提到过。"彼得发表了自己的看法。

"没错。就像儿童电视公司一样——这家公司是好是坏并不重要，重要的是人们相信它好。"

"人们也会犯错，"彼得又说道，"特别是有人欺骗他们的时候。如果有人骗了拉普克先生，我们的钱就没了。"

"如果他总是被骗，就买不起法拉利了。"菲利克斯说道。

"也许他买得起法拉利，是因为他欺骗了自己的客户？"

"谁知道呢。我们来算算，如果真的像拉普克先生说的那样，收益高达70%，那么我们投入20000元，就能赚14000元……"

"你今天怎么了？"吉安娜问道，"你以前一直很谨慎的。"

"该出手时就出手!"彼得激动地拍了拍菲利克斯的肩膀。

"好吧,那你怎么看?"菲利克斯问吉安娜。

"我觉得有点儿危险,"吉安娜皱着眉说,"想想儿童电视公司吧。我不喜欢你们说的那个人,他在吹牛,不能轻易相信他。"

"但是 70%……"

"咱们可以折中,"彼得提议道,"我们不要投入所有的钱,而是只投一半,10000 元,怎么样?"

就这样,小矮人公司决定进入期货市场。

经济学小词典

　　期货交易： 与"现货交易"相对，指以固定的价格在未来某个日期买卖商品的交易方式。例如，某位咖啡店店长在3月1日以某个价格购买了咖啡，与卖家约定在9月1日取货。对买家来说，购买期货最大的好处是可以锁定未来的价格，从而降低价格波动带来的风险；而对卖家来说，他确切地知道自己在9月1日将要出售多少咖啡，因此可以提前备货。当然，到了9月，咖啡价格可能会下跌，那么买家就要承担损失；如果价格大幅上涨，那么卖家就要承担损失，因为他原本可以赚到更多钱。实际上，从事咖啡期货交易的人并非想拥有咖啡，而是想通过在合适的时间出售咖啡获利。

　　期货交易通常在期货交易所内，通过经纪人公开喊价进行。芝加哥期货交易所是全球最大的期货交易所之一，石油、铜、猪肉、花生油、可可等多种商品都可以在那里进行交易。

信誓旦旦的拉普克先生

除了赚钱，
还有更有意义的事情。

I

这天在加油站，菲利克斯他们又听到了发动机的轰鸣声，一眨眼的工夫，拉普克先生那辆红色法拉利就已经开进了加油站。

发动机熄了火，拉普克先生下了车。

"你们看过我们公司的简介了吗？"

"看过了，我们还咨询了其他人。"

"是吗？"

"现在，我们知道什么是期货交易了。但在我们做决定之前，我们想知道您是怎么做到精准盈利的。"

"没问题，为客户服务是我工作中最重要的一部分。就像我一直说的那样，客户充分了解情况，才能信任我们。我来给你们看一个案例吧。"说着，拉普克先生拿出一张写满数字的纸。

"这是我们刚刚办理的一项业务。半年前，我们受客户委托，买入三吨铜。我们委托一位经纪人在芝加哥期货交易所办理了这项业务。"

"经纪人是做什么的？"菲利克斯问道。

"经纪人是专门从事商品期货交易的中介。那位客户并不是真的想购买铜，他和你们一样，只想赚钱，所以他找到了我们，因为我们在这方面很有经验。我们一直在观察市场，因此预测铜价会上涨，事实也确实如此。客户以10000元买入的铜，上周我们以17000元的价格卖掉了。你们想想，半年赚了7000元，回报率70%！顺便给你们普及一下期权知识。期权是一种合约，该合约赋予买方在约定日期内按双方商定的价格买卖某种商品、证券等的权利。如果我认为商品在约定日期内价格会上涨，选择买入，这类交易就被称为**认购期权**。"

"如果价格下跌了呢？"菲利克斯问道。

"那我们就不会买入，而是卖出，这叫**认沽期权**。"

"这只是在您判断正确的前提下，但是您也有可能出错。"

"确实如此。期货交易是有风险的，我也可能判断错误。但我们公司有很多经验丰富的专家，他们至今还从未看错过，数千名客户都可以证明这一点。即使在某段时间期货价格略有下降，但是从长远来看，还是盈利的。"

"这就像打赌。"菲利克斯说道。

"打赌？"

"人们打赌，看未来是否会出现某种预期中的结果。打赌的内容可以是铜，也可以是猪肉或者其他东西……"

"猪肉？你是从哪里知道这些的？"

"我们做了功课。"

"很好。也许期货交易看起来确实像打赌，但这种说法并不正确。在期货市场上，人们看的是实实在在的数据。只要掌握这些数据，就能做出正确的决定。我理解你们的谨慎，所以我建议你们最开始选择钻石期货。"

"钻石？"

"是的。看起来，你们才刚刚开始赚钱，所以应该买一些风险比较低的东西。还有什么比钻石更安全呢？"

说着，拉普克先生拉开他的棕色公文包，从里面拿出一个小盒子。他打开盒盖，盒子里铺了红色天鹅绒，天鹅绒上放着很多小塑料袋。菲利克斯仔细一看，发现塑料袋里装的是一些小小的、闪闪发光的碎钻。

"请看，这是我们公司的钻石样品，产自俄罗斯。如果你们决定购买钻石期货，我可以按每小袋 998 元的优惠价把这些钻石卖给你们。和它们的真实价值相比，这几乎等于白送。我只卖给重要客户。"

"这是真的钻石吗？"彼得问道。

"我们不是骗子，钻石当然是真的。你看到这张小纸条了吗？这些是安特卫普钻石交易所的鉴定证书，还盖了章。"

菲利克斯盯着塑料袋仔细看了看，每个袋子里确实有一张小小的白色纸条。

"你们可以把钻石拿到任何一家珠宝店去鉴定。在我们这个行业，大家都是开诚布公的，用信任换取信任。你们可以先拿走一袋钻石去鉴定，然后跟你们的父母商量一下，再决定是否购买。"

"但是钻石和黄金类似，不会带来利息。"

"你说得对，孩子。钻石不会带来利息，但是会让你们的资产保值。投资钻石是最安全的，甚至比投资黄金还要安全，尤其最近一段时间，钻石的价格不断上涨。你们可以先去问问父母，如果不想买，把钻石还回来就可以了。"

"不，我们不会去问父母，我们都是自己来做决定的。"彼得斩钉截铁地说道。

拉普克先生大吃一惊："你们自己做决定？"他难以置信地问道，"不用问父母？"

"当然。"

"那你们想投资多少钱？"

"我们想先投资 10000 元。"

"10000 元？"拉普克先生思索了一番，说道，"等一下，我需要给公司打个电话。"

2

他拿出手机，走到加油站旁边的空地上开始打电话。整个过程中，他时而激动地说着什么，时而又摆出一副严肃的样子。菲利克斯隐约听到一句"他们还只是孩子！"，不过他也不太确定。

过了一会儿，拉普克先生挂断了电话，对菲利克斯他们说道："你们很幸运。我们一般只和成年人做这么大的生意，看在你们都很内行的份儿上，我们公司决定为你们破一次例。如果你们愿意，现在可以直接选一袋钻石。"

"我们需要商量一下。"菲利克斯说道。他果断地把彼得和吉安娜拉到加油站后面的洗车间。有人正好在洗车，哗哗的水声掩盖了他们说话的声音。

"你们怎么看？"菲利克斯问两个小伙伴。

"我不知道，"吉安娜说道，"我觉得这个人不可信，他看着就不太正派。"

"我也这么认为，"彼得说道，"但不得不承认，他说的有道理。钻石确实价格坚挺。"

"我们可以把钻石送去鉴定，"菲利克斯补充道，"这样就不会有风险了。如果我们不想要这袋钻石，可以直接把它们还回去。通过鉴定，我们至少可以确认他是不是骗子。我觉得一个骗子不会把钻石交给我们。"

"我们直接用998元买他刚才给我们看的那袋钻石？"彼得问道。

"对呀。"菲利克斯答道。

"我同意。"吉安娜说道。

他们走回去，告诉拉普克先生他们的决定。

"非常好，这是一个慎重的决定，"说完，他把一袋钻石交到菲利克斯手里，继续说道，"这袋钻石你们可以保留一周。期间，你们可以把它们送去鉴定，然后重新考虑一下自己的决定。如果一周后你们决定购买，就向我支付998元。当然，不买也没关系，你们把这袋钻石还给我就行，我们就当这一切都没发生过。对了，我突然想到一个问题：如果你们不告诉父母，要怎么支付呢？我猜你们都没有自己的银行账户吧？"

"这个您不用担心，"彼得说道，"我们有一个银行账户，您也会准时收到钱。"

"好吧，这样一来，我们现在就是生意伙伴了。"

"还要看看情况才能这么说。"彼得谨慎地说道。

拉普克先生给他的车加满了油，跑车轰鸣着离开了。

像拉普克先生提议的那样，菲利克斯他们带着钻石去一家珠宝店做鉴定。

珠宝商人没有打开装着钻石的袋子，只是看了看那张纸条，就判断道："这张证书货真价实，是无法伪造的，你们可以放心。可你们这些孩子是从哪里得到这样一袋钻石的？莫非你们继承了遗产？"

"差不多吧。"菲利克斯说道。

"这里有没有什么不正当的事儿？"

"您在想什么？您觉得我们是强盗吗？"

"不，我只是好奇。"珠宝商人连忙摆手。

第二天，菲利克斯把钻石拿到银行，放进了保险箱。他很放心，因为现在他不用自己亲自保管钻石了。

3

拉普克先生信守承诺。一周后，他开着法拉利再次来到加油站。他刚下车，就像老熟人一样和孩子们打招呼。

"孩子们，你们最近过得怎么样？钻石鉴定了吗？"

"鉴定过了，没有问题，我们决定买下这袋钻石。请您把银行账号给我们吧，我们会把钱转给您。"

"我早就猜到你们会这么做了。你们为自己的财产安全做了一件非常有意义的事。或许你们应该把这件事告诉你们的父母。"看到孩子们不约而同地摇了摇头，拉普克先生继续说道："你们不愿意？好吧，这是你们自己的事情。你们即将开始做一件可以获得回报的事情。我再确认一遍，你们决定了吗？"

"是的，我们已经决定了，"菲利克斯说道，"但我们想谨慎一点儿，不投入全部资金，而是先投资 10000 元。"

"这是很理智的，"拉普克先生点头称赞道，"不能在一开始就射光枪里的所有子弹。投入 10000 元，70% 的收益也是非常可观的。"

"7000 元。"菲利克斯说道。

"如果一切顺利，你们可以追加投资。至于具体投资什么，我们公司的专家会视情况做出判断，这完全取决于市场。你们将定期收到我们的简报，这样一来，你们就能了解到自己的钱投资了什么。我该走了，保持联系！"

说完，拉普克先生就离开了。

"我还是不喜欢那个家伙。"吉安娜撇了撇嘴。

"你不一定非要喜欢你的生意伙伴。"彼得说道。

"反正钻石是真的。"菲利克斯补充道。

吉安娜做了一张新的资产负债表，如下页所示。

小矮人公司资产负债表 9月9日

资产		负债 + 所有者权益	
投资	10000.00	所有者权益	28529.50
鸡	110.00	利润	98.80
钻石	998.00		
账户	17105.70		
库存现金	414.60		
	28628.30		28628.30

"17105.7 是怎么来的？"彼得问道。

"之前我们的账户里有 28103.7 元，减去我们刚投资的 10000 元，再减去买钻石的 998 元，现在账户里的余额就是 17105.7 元。"吉安娜回答。

"98.8 元的利润呢？"彼得又问道。

"那是我们这段时间卖鸡蛋赚到的钱！"

4

夏天过去了，吉姆皮里太太的冰激凌店的生意一天不如一天，菲利克斯他们只能在施密茨先生的乐器行里卖鸡蛋。

小矮人公司把 10000 元投入期货市场大约一周后，菲利克斯从学校回到家，在餐桌上看到一个灰色信封。这是进步投资公司寄来的，收信人是菲利克斯。

菲利克斯撕开信封，发现里面有两张纸，其中一张纸上写了下面的内容。

尊敬的客户：

随信附上您在进步投资公司账户的最新情况。如果您对此有任何疑问，我司的拉普克先生很乐意为您提供帮助。

致以最诚挚的问候。

第二张纸上是一长串数字，菲利克斯根本没看懂。最后一行字被加粗了：余额 8130 元。

菲利克斯曾经设想过很多可能性，但他万万没想到，才过了短短一周，他们投资的钱居然少了这么多！这可是将近 20% 的损失！难道真像吉安娜说的那样，这个拉普克先生不可信吗？

突然，菲利克斯听到了爸爸的声音："怎么了？你看起来有些不对劲。"

"没什么，"菲利克斯慌忙掩饰，"我要去找一下彼得。"

没等爸爸再说什么，他就跑出了餐厅，骑车赶往瓦尔泽加油站。

"不会吧?!"彼得看了进步投资公司寄来的信和账单，大惊失色。

"白纸黑字写着呢，8130 元。拉普克先生一开始就让我们损失了这么多钱，也许吉安娜说的是对的。"

"她说了什么？"

"她说拉普克先生不可信。也许我们应该马上把钱要回来，以免损失更多。"

"这样的话，我们就永远不能把损失的钱赚回来了！"彼得激动地说道，"我们最好立刻给拉普克先生打电话，告诉他，我们想看到的是 70% 的收益！"

他们骑车去了螃蟹溪，在灌木丛里藏好自行车，去砖厂找出彼得藏起来的那部电话，拨打了进步投资公司的电话。

"您好，请问是拉普克先生吗？"彼得冲着听筒喊道。

"是的！"彼得又喊道，"为什么？真的吗？"然后，他挂了电话。

"他怎么说？"菲利克斯问道。

"接电话的是拉普克先生。他根本不理解我们为什么要抱怨。他觉得一切都进展顺利。期货交易最开始需要付一笔手续费，之后，我们的盈利会抵销这些费用。他还说。两周后我们就会盈利了。"

"你相信他吗？"

"我不知道。他说的话听起来没什么问题。如果我们现在退出，需要承担损失。所以，我觉得我们应该继续。"

"70% 的收益……"菲利克斯喃喃道。

"希望如此。"

5

他们骑上车，准备去菲利克斯家。

刚到家，菲利克斯的爸爸就对他们说："有一封从美国寄来的信，
看起来很重要。"

"当然重要！该发生的还是发生了，"彼得叹了口气，"我们的财
富要跑了！"

信就放在餐桌上。菲利克斯撕开信封，拿出一封手写的信，
读道：

尊敬的吉姆皮里女士、布鲁姆先生、瓦尔泽先生：

非常感谢你们的来信。收到来信，我非常惊讶。请问你们是怎
么找到我的地址的？我已经很久没有收到来自故乡的消息了。没错，
我认识韦伯夫人，也吹单簧管。请你们尽快告诉我，到底发生了什
么？我的电话号码是××××××，你们也可以给我发电子邮件。

期待你们的回信。

马丁·弗里德曼

"我觉得他很可能是个穷人，迫切需要这 10000 元。"彼得不太
乐观。

"这封信也说明不了什么，"说完，菲利克斯问道，"我们现在就

给他打电话，告诉他金币的事吗？"

"别打电话！"彼得连忙大喊道："时间就是金钱！我们必须争取时间。拥有的时间越多，这笔钱的收益就越多。我们可以给他写信。"

于是，菲利克斯和彼得一起写了一封信。

尊敬的弗里德曼先生：

您好。我们从韦伯夫人那里得到了一根单簧管，它是您的吗？如果是，我们有一些非常重要的事情要告诉您。另外，我们是通过镇政府找到了您的地址。

菲利克斯·布鲁姆，彼得·瓦尔泽

菲利克斯本想在信中告诉弗里德曼先生关于金币的事情，但是彼得觉得这样做太冒失了。

"我们对他一点儿都不了解，而且我们需要时间！我们下周再把这封信寄出去吧。"

菲利克斯同意了。

彼得离开之后，爸爸问菲利克斯为什么会收到来自美国的信。菲利克斯说，因为他们正在寻找金币的主人，而且可能已经找到了。

"真了不起，"爸爸夸赞道，"你们这样做我感到很欣慰。除了赚钱，还有更有意义的事情。"

6

秋天来了。成群结队的乌鸦从森林飞进城市，落在学校门前的椴树上。母鸡下的蛋越来越少，不过吉安娜说这很正常。一般来说，母鸡在冬天不怎么下蛋。

彼得说，他还是希望母鸡冬天也可以下蛋，吉安娜狠狠地瞪了他一眼。

秋天最重要的活动，无疑是校管弦乐队的音乐会。

10月的一个下午，他们去喂鸡时，见到了施密茨先生。

"你们整天忙着赚钱，都没有时间来关心关心我了吗？"他幽默地说道。

菲利克斯笑着说道："我们还在等着大赚一笔呢！"

这是他第一次对施密茨先生撒谎，心里感到很不是滋味，因为这笔钱某种意义上也属于施密茨先生。但他们确实在等，等进步投资公司的消息，等弗里德曼先生的回复。菲利克斯还在想，如果这笔钱真的能有70%的收益，施密茨先生会说什么。但是这些想法并没有减轻他的内疚感。

"你们是不是可以考虑再次进行投资了？我非常理解，在儿童电视公司的股票事件后，你们非常谨慎，但是钱还是应当用于投资，存在银行里利息少得可怜。如果你们想降低风险，可以买基金或国债……"

"不,这些风险都太大了。"彼得说道。

"不如你们先听我讲讲国债究竟是什么。买国债就相当于你们把钱借给国家,而国家是不会轻易破产的。国债有固定利率,期限越长,利率越高,比如一年期国债的利率是……"

"不,也许以后再考虑国债吧,我们先等等看。"菲利克斯打断了施密茨先生。

"太奇怪了,你们不想变得富有了吗?"

"我们要先考虑一下。而且我们现在不能只顾着赚钱了,我们还要花很多时间为演出排练。"

"好吧,你们这些孩子啊。"施密茨先生笑了笑,然后拿起萨克斯管,开始演奏《来自伊帕内玛的女孩》。

菲利克斯突然觉得,施密茨先生好像变成了一个被朋友欺骗的小孩。回家路上,他对彼得说道:"我们是不是应该告诉施密茨先生关于钻石和期货的事?"

"还是别说了,他肯定会反对的。儿童电视公司的事情他当时就反对。"

"可是他也许可以给我们一些建议。"

"致富这件事,终究还是要靠自己。"

7

两天后，拉普克先生再次出现在瓦尔泽加油站。红色法拉利转了个弯，从加油站入口开了进来。拉普克先生走下车，手里挥舞着一张纸。

"我亲自给你们带来这个好消息，你们自己看看吧。我就说相信我准没错。"

拉普克先生拿在手里的那张纸上还是印着一长串数字，菲利克斯根本看不懂，但是右下角一行加粗的文字吸引了他的目光：余额11987.55 元。

"你们看，盈利的速度多快？你们才进入市场三周，就已经盈利了近 2000 元，而且这还是在扣除了各种费用的情况下。我们公司的专家将你们的资金用于购买钻石期货。钻石的价格上涨幅度之大，简直令人难以置信。"

"你看到了吗？"彼得有几分得意地对吉安娜说道。

"嗯。"吉安娜淡淡地回应道。

"现在你们可以放心了吧，"拉普克先生插话进来，"对了，我想给你们提个建议——你们现在务必要追加投资。"

"追加投资？"

"没错，你们应该继续买入。像现在这么好的条件，在市场中可是很少见的。"

"您是说，我们应该投入更多资金？"菲利克斯问道。

"没错，这样可以使你们的收益增加。"

"我们会获得多于 70% 的收益吗？"菲利克斯又问道。

"我并不能保证这一点，但是按照现在市场的情况来看，我觉得是很有可能的。我们的专家对于市场的感知非常敏锐。"

"但是钻石的价格已经涨到这么高了，想获得更多的收益，不会很难吗？"

"你说的完全正确，风险变大了。所以现在快速做出决定非常重要。只有这样，我们才赶得上。再过一周可能就太晚了。"

"如果现在已经太晚了呢？"

"那我们的专家就会认沽期权。你们考虑一下吧，不过如果考虑得太久，可能就来不及了。

"时间就是金钱。"菲利克斯说这话时，拉普克先生已经上了车，冲他们挥了挥手。然后跑车轰鸣着开走了。

"他这是在给我们施加压力，"吉安娜分析道，"很明显，他想让我们没有时间去仔细思考，我不喜欢这样。"

"但是不得不承认，他说的有道理，"彼得说道，"你想想，如果我们等了很久才买儿童电视公司的股票，那么我们可能连现在一半的钱都挣不到。"

"可如果我们刚买完，儿童电视公司的骗局就被揭露了，那么我们所有的钱就都赔进去了。也许现在追加投资已经太晚了。"吉安娜反驳道。

"你怎么知道已经太晚了呢？"

"我并不是说我知道，我只是不喜欢被人这样催促。"

"不如我们用一半的钱来尝试一下？"菲利克斯提议道，"现在我们账户里还有 17000 多元，我们追加投资 8500 元。施密茨先生说过，鸡蛋不能放在同一个篮子里。"

"我不同意。你们这样做，好像我们有这么多钱是理所应当的。一下子把将近 20000 元都扔给那个家伙，不会有好结果的，我们不能干这种傻事！"

可是由于菲利克斯和彼得意见一致，所以吉安娜的意见被否决了。小矮人公司决定，向期货市场追加投资 8500 元。

经济学小词典

　　认购期权：指期权交易中，买方按事先商定的价格，在约定日期内买入商品的交易。

　　认沽期权：指期权交易中，买方按事先商定的价格，在约定日期内卖出商品的交易。

18

孤注一掷

富有还是一无所有，
就看这次了。

I

11月的一天，天气阴沉沉的。菲利克斯从学校回来后，爸爸突然问道："你觉得柏林怎么样？"

"什么？"菲利克斯感到有些不安。

爸爸站在梯子上，摆弄着屋顶上的排水管，地上还放着一截旧管道。看起来，他打算修一修这么多年以来一直在漏水的排水管。

"你想住在柏林吗？"他大声问菲利克斯。

"不想！"菲利克斯也喊道，"为什么这么问？"

爸爸把钳子装在蓝色工装裤的口袋里，然后下了梯子。

"柏林的一家报社正在招聘经济版块的记者，我想去应聘。柏林是个很棒的城市，那里经常举办各种演出，还有很多湖泊，我们可以学着划帆船……"

"可是我不想去柏林。"菲利克斯心事重重。

"好吧，那我们以后再说这件事。"

"反正我不想去柏林。"

"可是你要知道，明年我就没办法从《汇报》领到钱了。如果再找不到工作，我不知道会发生什么。对了，顺便告诉你，你又收到了一封来自美国的信，信就放在餐桌上。"

"什么？"菲利克斯跑进去，差点儿被门槛绊一跤。他急急忙忙把信拆开。

尊敬的布鲁姆先生、瓦尔泽先生：

我将于 12 月 2 日抵达施恩施泰德。

飞机将从纽约起飞，13:00 降落在法兰克福机场。我预订了椴树饭店的房间，你们可以在 2 号晚上到那里找我。

致以友好的问候！

马丁·弗里德曼

该发生的事情终于发生了，菲利克斯想。他真的揭开了金币背后的秘密，找到了金币主人，这令他感到非常自豪。

离 12 月 2 日还有三周时间，希望期货交易一切顺利。

菲利克斯又想，如果投资失败了该怎么办呢？一切又要回到小矮人公司成立伊始那样吗？他们会一无所有吗？

"你看到了吗？"菲利克斯后来把信给彼得看的时候说道，"我们快要失去这笔财富了。"

过了一会儿，他又补充道："不过，找到金币的主人还是令我非常兴奋。你觉得他会很有钱吗？"

"也许他富得流油，也许他是一个可怜的穷光蛋。"彼得想了想，说道。

"他来了之后会怎么样呢？"

"我们把卖金币得到的钱还给他时，他也许会送一些别的东西给我们，可能是一匹马，也可能是一辆凯迪拉克。"

"你在做梦吗？"菲利克斯笑道。彼得就是这样一个人，就算你经常和他聊天，也很难分辨出他说的话哪些是真的，哪些是他想象出来的。

菲利克斯问彼得觉得柏林怎么样。他跟彼得说，他爸爸要去那儿找工作，他们一家可能很快会搬到柏林去。

"那样一来，一切都会变得不一样了。"彼得说道。

2

彼得说得没错，一切确实变得不一样了，但并不是像他猜测的那样。

两天后的周五，当菲利克斯放学后，又有一封信放在餐桌上。菲利克斯打开信封，发现是进步投资公司寄来的信，上面写着期货交易的最新情况。

菲利克斯忽略了长长的一串数字，直接看向最下面加粗的那行，看完后大惊失色。在拆信之前，他设想了各种可能性。也许拉普克先生公司的专家已经将他们迄今为止投入的 18500 元变成了 37000 元，也许少一点儿，也许更多一点儿。然而他万万没想到的是，那里赫然写着 4837.39 元！

菲利克斯又把这张纸从头到尾看了一遍，但是结果并没有任何变化。4837.39 元！如果这是真的，那么他们投入的钱已经损失到只剩 1/4。只剩 1/4！

菲利克斯顾不上吃东西，飞快地骑着自行车去找彼得。他感到自己的脑袋嗡嗡作响。他们买股票赚的钱已经赔进去了，如果弗里德曼先生从美国飞过来，想要回属于他的那笔钱，那么他们的全部财富都会消失殆尽。更糟糕的是，如果期货投资继续赔下去，他们连还给弗里德曼先生与金币同等价值的钱都做不到。

"你们把我从美国叫过来，就是为了听你们的生意经吗?！" 弗里德曼先生一定会勃然大怒。当务之急是立即把剩余的钱从拉普克先生那里要回来！

当菲利克斯进来时，彼得正坐在加油站的收银台后嚼着奶酪卷。他读了进步投资公司的信后，脸唰地一下变白了。

"我们必须马上给拉普克先生打电话。"彼得的声音有些颤抖。

他们以最快的速度骑车赶往砖厂。然而，他们拨号之后，听筒里却没有任何声音。

"糟糕！"彼得喊道，"可能有人发现了我们打电话没交电话费。看来，我们必须回加油站打电话了。"

他们又回到加油站，冲向收银台。冒着被父母发现的风险，彼得抓起听筒，拨通了进步投资公司的电话。

"您好，我是彼得·瓦尔泽，我想找拉普克先生。"

"是拉普克先生吗？"等了一会儿，彼得对着听筒喊道："是的，我们想问一下，为什么我们的钱只剩 4837.39 元了？这是不对的，不是吗？是打印错误吗？什么？是的，但是为什么……"

很长一段时间里，彼得一句话都没有说。菲利克斯看到他的脸色越来越苍白，简直和平时判若两人。之后，彼得嘟囔道："追加投资？把损失转化为利润？我不知道，我需要和我的朋友商量一下。再见，我会再给您打电话的。"

"拉普克先生怎么说？"彼得刚挂断电话，菲利克斯就迫不及待地问道。

"信里的数字没写错。"

"什么？真的只剩 4837 元了？"

"拉普克先生说，这是一次很不幸的意外，他对此无能为力。"

"一次意外？"

"和之前一样，他们公司的专家将这笔钱用于购买钻石期货。可是后来突然有传言说，有人在非洲某座原始森林里发现了一座巨大的钻石矿，人们认为钻石的产量会大幅提高，钻石价格迅速下跌，因此我们的资产突然贬值了很多。然而，事情并非不可挽回，因为那个消息很快就被证实是假的，钻石价格很快就会上升。拉普克先生认为我们应该趁现在钻石价格低，尽快追加投资。"

"什么？还要追加投资？"

"是的，他希望我们再多投入一些，这样可以平衡一下损失。"

"他在想什么？"菲利克斯尖叫道，"现在还要我们再投入钱？然后把所有钱都赔光吗？绝对不可能！"

"拉普克先生说，如果我们不追加投资，就要做好损失所有钱的准备。"

"我一点儿都不在乎！无论如何，我不会再让他从我们这里得到一分钱！"

"那如果真的所有钱都赔进去了呢？也许他是对的，我们还有机会。"

菲利克斯大脑飞速运转着。现在，他们银行账户里还有大约

8500 元，这不是一个小数目。此外，他们还有一袋钻石，这些财产都安全地放在银行里。可是，如果弗里德曼先生从美国赶过来，这些就都没有了，他们又回到了起点，只能从零开始，这种情形着实令人绝望。也许彼得是对的，必须抓住机会，追加投资。

"我们必须立刻召开一次董事会会议，"菲利克斯决定，"也许吉安娜有什么好办法。"

3

很快，他们一起来到螃蟹溪边。

"这个家伙！"吉安娜愤愤不平地说道，"我早就说过，他不可信。他为什么还需要更多钱呢？他也可以让现在这些钱盈利啊！"

彼得说："你说的有道理，这一点我倒是没想到。"

"我能理解他，"菲利克斯说道，"不投入就不会有回报，投入越多，回报越多。所以，为了把已经损失的钱重新赚回来，他需要更多钱。现在他还有近 5000 元……"

"是我们还有近 5000 元！"吉安娜强调道。

"当然，我就是这个意思。假设这 5000 元有 70% 的收益，也就是 3500 元，那么我们就会有 8500 元，虽然还是比我们之前投入的要少，但也总比现在这样强。"

"万一拉普克是个骗子呢？"

"如果他不是骗子，我们就失去了变得富有的最后机会！"彼得喊道，"如果那位弗里德曼先生拿走了我们剩余的钱呢？"

没有人能回答这个问题。菲利克斯、彼得和吉安娜都坐在那里，苦思冥想。

菲利克斯挠了挠头。他一会儿觉得彼得说的对，一会儿又觉得吉安娜说的更有道理。他左右为难，现在到底该怎么办？

"我哥哥罗伯特经常对我说，做事不能半途而废。"彼得坚定地说道。

"我也是这么认为的。"菲利克斯说道。

"你们这是什么意思？"吉安娜有些难以置信。

"我觉得，我们应该把剩下的 8500 元也投入进去。"

"什么?!"吉安娜尖叫道。

"这样，我们至少还有最后一次机会。"彼得说道。

菲利克斯补充道："钻石的价格不可能一直跌下去。"

他们在那里默默坐了很久。最后，吉安娜说道："虽然我觉得这很荒谬，但还是遵循少数服从多数的原则。不过，这次要是再出问题，我要你们好看！"

"不会出问题的。"彼得拍了拍胸脯。

他们回到加油站后，一起坐在彼得哥哥的笔记本电脑旁，向进步投资公司转账 8500 元。做完这件事后，菲利克斯很高兴，他暂时不用再为这笔钱费脑筋了。

19

疯狂的计划

缺乏经验的人很容易被高额利润吸引。
很多人一听到 70% 的收益，
就直接被冲昏了头脑。

1

菲利克斯的爸爸准备动身，去柏林的那家报社应聘。

"别让他们压低你的工资，"几天前吃晚饭时，妈妈叮嘱爸爸，"大城市的生活成本很高。"

"我记住了。"

"我担心你现在满口答应，可到时候就全忘在脑后了。不要忘了，你还有个家要养。"

两个人又吵了起来。

菲利克斯根本没心思听这些。他一点儿都不想搬走，不想去柏林或其他任何地方。他还在急切地等待进步投资公司的回信，一天比一天急。这次他们孤注一掷，把所有钱都投了进去。他们会变得富有还是一无所有，就看这次了。最糟糕的是，他至今都没和父母说过这些事情。

最近一个月，他们每周都会排练两次节目。尽管如此，波瓦克老师在演出前几天仍然对他们不满意，不是埋怨小提琴拉得拖泥带水，就是批评中音提琴合不上节拍。不过大家丝毫没有把他的话放在心上，因为年年都是如此，他们早就习以为常了。

今年的音乐会，波瓦克老师在节目中安排了一小段单簧管独奏，表演者就是菲利克斯。起初，他对此感到十分自豪。可是越临近演出，他就越紧张。波瓦克老师认为他练习得太少了。

事实上，菲利克斯在练习时确实难以集中注意力，他越来越担心他的钱。每天回家，他都无比希望能看到拉普克先生寄来的信，但是信一直没有来。

"也许专家们还在忙着做市场调研呢。"彼得虽然这么说，看起来却不那么自信。吉安娜一直沉默不语。

"不能再这么等下去了！"彼得说道，"我们必须做点儿什么！"可是他也不知道该做什么。

周五16:00校管弦乐队要彩排，因此上午的最后一节课取消了，学生12:00就能回家。

"我实在受不了了！"回家路上，菲利克斯喊道，"我们必须拿回我们的钱！"

"全都拿回来吗？"吉安娜问道。

"没错。距离上次联系拉普克先生，时间又过了两周。这里面肯定有问题！我们现在就给他打电话，让他把我们剩下的所有钱都转回来，立刻就转！"

"那我们的损失怎么办？"彼得大惊失色。

"我不在乎了。我们一开始就应该听吉安娜的。我们必须马上打电话，现在就打！"

"好吧，"彼得点点头，"打个电话就知道了。"

他们来到加油站，在瓦尔泽先生疑惑的目光中冲向收银台。彼得拨了号码，握着听筒，焦急地等待着。

突然，彼得愣住了，他把听筒递给菲利克斯。听筒里先传来一阵忙音，然后响起没有感情的提示音："您拨打的电话已停机。"

"给我！"吉安娜一把夺过听筒。听到那句提示音，她冷冰冰地说道："事实证明，他就是个骗子。"

"怎么可能?! 也许拉普克先生在度假，或者他正在上厕所。"菲利克斯想再次拿起听筒，但是吉安娜紧紧按住了他的手。

"别自欺欺人了，无论上厕所还是度假，电话是不会停机的。"

"所以他真的是个骗子？"彼得还是感到难以置信。

"确实。他肯定骗了我们的钱。"

"也许这只是个意外，"菲利克斯极力掩饰着内心的慌乱，"明天一切都会好起来的。"

"面对现实吧，我们的钱全都没了。"

"太可恶了！"彼得火冒三丈。

"现在怎么办？"菲利克斯茫然地问道。

直到现在，菲利克斯才真正意识到这一切意味着什么。毋庸置疑，拉普克就是个骗子，他们失去了这笔财富，又回到夏天刚刚开始的时候。变得富有这件事毫无进展，他们甚至把事情搞得一团糟。菲利克斯心情跌落到了谷底。

瓦尔泽先生往这边看了看，关心地问道："你们有烦心事？"

"没什么大不了的，只是学校里的一些麻烦事儿。"彼得连忙掩饰道。

"你总是这么说。"说完，瓦尔泽先生离开了。

三个人坐在那里，一言不发。过了很久，吉安娜站起来，把手放在菲利克斯的肩膀上，安慰道："事情总有好的一面。"

听到这句话，菲利克斯差点儿哭出来。

"我们必须做点儿什么！"彼得大喊道，"不能就这样自认倒霉！"

"也许这一切只是一个误会……"菲利克斯依然不敢相信。

"你很清楚，这不是误会，"吉安娜一针见血地说道，"不要再欺骗自己了。钱没有了，我们现在应该想想怎么和施密茨先生解释这件事。"

"没错，"彼得附和道，"我们确实应该告诉施密茨先生，不能懦弱地逃避。"

"好吧，"菲利克斯叹了口气，"好在我们还有一袋钻石，至少这些钻石是实实在在的。"

2

他们来到乐器行，施密茨先生热情地招待了他们："你们好久都没来了。等等，怎么看起来这么沮丧？你们吵架了吗？还是学校里发生了什么事情？"

"我们想和您谈谈。"菲利克斯说道。

"说吧。"

"能不能让我们到里屋去？"

"当然可以。"

他们一起进了屋。施密茨先生招呼道："随意坐吧。发生了什么事？你们吃过午饭了吗？"

"随便吃了些。"菲利克斯说道。

他们给施密茨先生讲了整件事的前因后果，钻石、期货交易、被迫追加投资、损失、停机的电话……

"现在，我们真的不知道该怎么办了。"

施密茨先生瞪大眼睛，盯着菲利克斯："你刚才说，拉普克卖给你们一袋钻石？"

"是的。"

"然后他让你们购买期货，还说有 70% 的收益？"

"是的。"

"按理说，我应该很生气。我其实一直想给你们讲一讲经济学的奥秘，没想到这个拉普克却抢先一步，替我为你们上了一课。你们只有亲自去实践，才能够真正明白。显然，你们陷入了一个非常常见的骗局。"

"我们只是想自己做决定，"彼得解释道，"不想总依靠成年人。我们也怕您会反对。"

"我确实会。但如果我反对，事情就不会变成现在这样了，不是吗？"

"但是这一切也可能只是一个误会，事情还是有转机的……"

施密茨先生无奈地摇了摇头："菲利克斯，别自欺欺人了，钱肯定都没了。"

"您为什么这么肯定呢？"

"70% 的收益，高额利润，迅速获得第一笔收益，**亏损**后追加投资……这一切都再明显不过了。这就是骗子的惯用手法，我读过很多这方面的文章。你们刚刚说，那个人叫什么名字？"

"拉普克，威利·拉普克。"

"我从来没听说过这个人。毫无疑问，他欺骗了你们。缺乏经验的人很容易被高额利润所吸引，简直就像飞蛾扑火。很多人一听到

70%的收益，就直接被冲昏了头脑。"

"但是为什么……"

"你们想一想，70%的收益是怎么产生的？如果赚钱这么容易，岂不是每个人都会这么做？"

"可儿童电视公司的股票让我们的钱翻了倍！"

"你们当时只是运气好，差一点儿就栽跟头。证券交易所任何一个有理智的人都无法保证你们会得到这么高的收益，但拉普克却信誓旦旦地向你们保证。"

"他也和我们说过，确实存在一些风险……"

"他这么说是为了撇清自己的责任。就算他被警察抓住，也可以狡辩，说他警告过你们。你们想去报警吗？"

"可我们的父母还毫不知情。"吉安娜有些犹豫。

"我爸爸要是知道，肯定会气坏的。"彼得担忧地说道。

"我妈妈也是。"菲利克斯附和道。

"哪种情况更糟糕？失去 27000 元，还是被父母骂一顿？"

"也许钱就是没了，追不回来了。"

"难道你们连最后的机会也不想抓住吗？"施密茨先生问道。

"不是……拉普克会用我们的钱做什么呢？"

"我也不知道，也许警察会调查出来。往好的方面想，他可能根本就没动过那笔钱，只是把它收了起来。给我看看进步投资公司寄给你们的信吧。"

彼得把那张写着很多数字的纸递了过去。

"从这上面看不出什么，也可能这些数据都是伪造的。"

"好吧，那我们去报警。"吉安娜坚定地说道。

"我们可以请求警察不要告诉你们的父母，或者晚一些再告诉他们。"

"那我们要怎么和弗里德曼先生说呢？"彼得苦恼地问道。

"对呀，再过几天他就要来了。"菲利克斯也十分沮丧。

"至少我们还有一袋钻石。"

吉安娜说完，拿起她的本子，写了一个大大的 T 字，做了一张收支表。做好之后，账目看起来是下面这样的。

小矮人公司收支表　11 月 9 日

支出		收入	
拉普克	27000.00	鸡蛋	350.40
（诈骗！）		其他收入	38.20
		亏损	**26611.40**
	27000.00		27000.00

之后，吉安娜停顿了一下，又问道："我们的亏损应该记在资产负债表的什么地方？"

"记在左边。"施密茨先生答道。

新的资产负债表是下页这样的。

小矮人公司资产负债表　11月9日

资产		负债 + 所有者权益	
鸡	110.00	所有者权益	28628.30
钻石	998.00		
账户	105.70		
库存现金	803.20		
亏损	**26611.40**		
	28628.30		28628.30

"亏损写在左边，正好对得上。"彼得说道。

"这样记账一目了然，你们可以看出，吉安娜没有算错。"施密茨先生说，"下次记账时，应该把亏损的数额从资产中减去，再记录新的资产。还有一点需要注意：你们的母鸡已经半岁了。因为它们不能一直不停地下蛋，所以会折旧。母鸡的折旧率大约为20%。此外，钻石的价值也应该减半，尽管它是真品，但折旧率大约为50%。"

3

"投资诈骗？对孩子？你们在跟我开玩笑吗？"曼弗雷德·沃尔森警官难以置信地看着站在面前的几个人，"孩子成为投资诈骗的受害者，我还是头一次遇到。"

"这笔钱也有一部分属于我。"施密茨先生插了一句话。

"你们损失了多少钱？"

"27000 元，全部投入了所谓的期货交易。"彼得答道。

"什么?! 27000 元？那你们可要仔细跟我说一说，否则我是不会信的。"

他们三人讲述事情的经过时，沃尔森先生非常专注地听着，同时飞快地记录。他偶尔摇摇头，还不时提个问题。

听完之后，沃尔森先生感慨道："这真是一件奇事，这些家伙现在居然连孩子都骗，真是越来越肆无忌惮了。不过我必须告诉你们，我可能也做不了太多。一有消息我就会联系你们。"

菲利克斯感觉自己几乎要崩溃了。金币的主人弗里德曼先生很快就要到了，而警方能否把他们的钱找回来还是一个未知数。菲利克斯也不能跟父母说这件事情。在这种情况下，他还要在音乐会上表演独奏。这可怎么办？他觉得自己一定会出错。

4

周日早上，菲利克斯在餐盘旁看到一本书——《让经济学变得简单易懂》，是爸爸妈妈送给他的。

"希望这本书在你的致富路上对你有所帮助。"

要是他们知道事情的真相，该怎么办呢？菲利克斯简直不敢想。

下午，他换上了音乐会的演出服：深色的裤子，白色的衬衣。当他穿着这身衣服站在妈妈面前时，妈妈十分激动，甚至眼眶都湿润了。然而，这种情形却是菲利克斯现在最不想看到的。

沉浸在音乐会的氛围中，菲利克斯感觉心情好了一些。在后台做准备时，他调了一下单簧管的音。彼得像往常一样，拖着低音提琴走了进来。他差点儿就迟到了，再晚一点儿，波瓦克老师肯定会批评他。

他们走上舞台时，礼堂里早已座无虚席。菲利克斯在观众中找到了自己的父母，也找到了彼得的父母，还有吉安娜和她的外婆。观众低低的交谈声和乐队调音的声音让舞台上的众人对演出充满期待，他们期待能给大家带来欢乐。

校长简短致辞后，演出开始了。六年级学生先表演了一场舞台剧，之后的节目是巴赫的长笛奏鸣曲。

中场休息时，菲利克斯看到彼得急急忙忙向他招手，表情十分严肃，菲利克斯连忙向他走去。

彼得靠在低音提琴上，小声说道："我们必须立刻召开董事会会议，就在这儿。"

"出什么事了？"

"等会儿你就知道了。"说着，彼得拼命向观众席挥舞着琴弓。吉安娜看到了他，连忙对她外婆说了句什么，然后快步走上前，跳上了舞台。

"发生什么事了？"

"我们要召开董事会会议，就现在！"

"好吧，又怎么了？"

"我们要去找拉普克。"

"什么?!"

"我们去找那个把我们的钱骗走的家伙！我们要亲自去，警察不了解情况。如果我没猜错，那个沃尔森警官连什么是期货都不懂。"

"你有什么计划？"

"我们去法兰克福，找那家进步投资公司。信上有地址。"

"然后呢？"

"然后随机应变。也许拉普克看到我们，会自愿把钱交出来。"

"那按照你的计划，我们什么时候去法兰克福呢？"

"明天！"

"明天?!"菲利克斯惊呼道，"怎么可能！明天还要上学，我父母不会同意的，你父母也不会同意。"

"不告诉他们不就行了？"

听了这个疯狂的计划，菲利克斯什么都没有说，吉安娜却恍然大悟："你是说我们明天逃学去法兰克福抓拉普克？天哪，简直太棒了！我同意！"

"但是……"菲利克斯本想反驳，但他不想被朋友们当作胆小鬼。他突然想到，爸爸明天要去法兰克福，也许自己确实有机会。

想到能追回损失的 27000 元，菲利克斯精神为之一振，答应道："好！"

"太棒了！"彼得说道，"听听我的计划吧。我们明天会像正常去上学一样离开家，但我们不去学校，而是直接坐火车去法兰克福。火车将在……"

"8：38 离开。"菲利克斯接着彼得的话说道。

"没错，我们就坐这辆火车。当然，我们要给父母留言，以免他们担心，还要跟老师道歉。"

"那我们拿什么买火车票呢？"

"吉安娜，虽然我们确实损失了很多钱，但我们并没有破产。看看你的资产负债表吧。我们还有好几百元现金，足够买火车票了。"

"彼得，你可真是个天才！"吉安娜夸赞道。

波瓦克老师的声音突然响起："请大家各就各位！一会儿演奏时要全身心投入！"

他们三个都被吓了一跳，菲利克斯这才想起他的单簧管独奏。

他紧张地坐到自己的位置上，手里握着单簧管，试图集中注意力。他没来由地想：如果这次独奏他没有出错，那么法兰克福的冒险之旅也会进展顺利。

波瓦克老师举起指挥棒，管弦乐队奏起节奏铿锵有力的和弦。片刻后，旋律舒缓下来，组曲的第一部分开始了。菲利克斯等待着，距离他的独奏开始还有八小节。他朝彼得望了望，彼得正埋头演奏低音提琴，突然，彼得抬起头来，朝菲利克斯眨了眨眼。

菲利克斯的心跳得更快了。他紧紧握着单簧管，开始了他的独奏。一曲终了，余音绕梁，菲利克斯的紧张感荡然无存。掌声如雷鸣般响起，菲利克斯发自内心地为自己骄傲。许多人都高声喊道："太棒了！"彼得也冲他竖起了大拇指。看来，法兰克福之行也一定会有好结果。

5

观众起身离开礼堂时，菲利克斯告诉父母，他想和朋友一起回家。在学校前的广场上，他们讨论了计划的各种细节。

"大家记得带上零花钱。"彼得提醒道。

"还有进步投资公司的信。"吉安娜补充道。

他们慢慢走向土豆市场，彼得突然喊道："你们快看谁坐在那里！"

"哪儿？"菲利克斯问道。

"菩提树下面的凳子上。"

寒风中，确实有个人静静地坐在那里，怀里还抱着一只泰迪熊。他穿着一件黑色帽衫，兜帽拉到头上，脚上的白色运动鞋闪闪发光。

原来是凯伊。

"真巧啊。"彼得走到凯伊面前。

"让我安静地待会儿行吗？"

"咦，你怎么哭了？"彼得有些诧异地问道。

凯伊抽了抽鼻子，连忙辩解道："我才没有！"然后，他仿佛再也忍不住一般，突然开始浑身发抖，不住地抽泣着，断断续续地说："我、我真的不知道该怎么办了。没有人可以帮我。"

"发生什么事了？"菲利克斯问道。他没想到自己会对凯伊这么友好。

"我太孤独了。"凯伊发泄一般地说道。他说自己一直不喜欢自己的家，现在，他的父母要分开了，他家的情况变得更加糟糕。最后凯伊说了一句出乎所有人意料的话："我能不能加入小矮人公司？拜托了！"

"不可能！"彼得大喊。

"我不是想分你们的钱，我只是想跟你们一起做些事情。"

"小矮人公司没钱了，"菲利克斯说道，"而且我还没有忘记你之前做过的事情。"

"对不起。"

"我们可不接受。"彼得严厉地说道，"不过，现在你确实有一次机会，就看你能不能经受得住考验了。"

"什么机会？"凯伊急切地问道。

菲利克斯和两个朋友交换了一下眼神，他们点头表示同意。然后，菲利克斯大声说道："明天一大早来火车站，赶 8:38 的火车去法兰克福。记住，你必须提前把票买好。"

"你们想干什么？"

"我们要出一趟门，"彼得说道，"而且我们不知道什么时候能回来。你要想办法向学校请假，还要给父母留言，找个借口说你要出趟门。"

"也就是说，你们要离家出走？这可不是什么考验！你们到底要做什么？"

"明天早上你就知道了。别忘了多带点儿钱，再带些吃的。"

"你们不会骗我吧？"

"你要用信任来换取信任。对了，不许把这件事告诉任何人，记住了吗？"

"记住了。"

"还有一件事儿。"吉安娜提醒道。

"什么？"

"别忘了你的泰迪熊！"

经济学小词典

　　亏损： 与盈利相对。如果公司的支出高于收入，就会亏损。在亏损期间，大多数公司可以依靠已有的资产来维持经营，甚至可以通过贷款来弥补亏损。然而，如果资不抵债，公司就会破产。

20

寻找失去的财富

人们听到有高额利润时，

往往会失去理智，

对金钱的贪婪蒙蔽了他们的双眼。

I

第二天清晨，雾很浓，天空灰蒙蒙的，成群的乌鸦一边叫，一边从森林飞到小镇上空。

和往常一样，菲利克斯背着书包离开家。出门前，他悄悄在餐桌上留了一封信。

亲爱的爸爸妈妈：

很抱歉，我今天不能去上学了，我要和彼得一起去调查一件十分重要的事。请你们原谅我好吗？我之后会向你们解释清楚的。

菲利克斯

他知道，爸爸妈妈看到这封信肯定很担心，但他也没有想到其他办法。

8:00 整，菲利克斯和彼得先到了火车站。吉安娜紧随其后，最后到的是凯伊。

凯伊背着书包站在那里，有些不知所措。他还穿着前一天晚上穿的那件黑色帽衫。

"你有钱买火车票吗？"彼得问道。

"当然有。我们到底去法兰克福做什么呢？"

"你马上就知道了，我们先去买车票吧。"

开往法兰克福的火车准时进了站，他们上了车。旅程开始了。

"现在你们可以说说到底要去法兰克福做什么了吧？"凯伊又一次问道。

"我们要去找一个诈骗犯。"彼得义愤填膺地说道。

"啊？"

"你要是不信，就等着瞧吧。"

"我相信你们。他是怎么骗的你们？"

"他骗走了我们很多钱。"

"多少钱？"

"这不重要，也许我们以后会告诉你。"吉安娜打断了凯伊，继续说道，"你倒是说说，你当时为什么欺负菲利克斯？"

"我也不知道，也许是我觉得你们太张扬了。其实，我一直都想加入你们，但看到你们的关系那么紧密，就觉得我如果问你们，肯定会被拒绝，这让我很生气。"

"你想得太多了。对了，你送面包赚了多少钱？"

"没多少，你们不再送面包后，我也就不干了。"

菲利克斯突然说道："我们还需要一张地图。"

彼得得意地一笑，在包里翻找了一会儿，拿出一张全新的法兰克福地图："加油站也卖地图。多亏了有我吧！"

他们铺开地图。彼得把拉普克寄来的最后一封信也拿了出来，信上有进步投资公司的地址。

"古特乐街 37 号，离证券交易所不远。我应该能找到。"

"那就没什么问题了。"

"对了，我还带了一样东西。"彼得在他的口袋里翻来翻去，拿出一个黑色的东西。

"手机！"凯伊惊呼道，"你是从哪里弄来的？"

"我哥哥罗伯特给我的。"

"他就这么给你了？"

"我只是临时借用一下。"

"那你想用它做什么呢？"

"也许有了手机，我们就可以追踪诈骗犯。"吉安娜说道。

菲利克斯提议再给拉普克打一次电话。

"只是再次确认一下。"他解释道。

彼得拨了电话，等了片刻，把手机递给菲利克斯："你现在还有侥幸心理吗？"

"没有了。拉普克就是个货真价实的骗子！"

即使在火车的轰鸣声中，他们也依然可以清晰地听到那个熟悉的、冷冰冰的声音："您拨打的电话已停机……"

2

下了火车，他们从法兰克福总站乘地铁前往警察总局站。下了地铁，步行大约一刻钟后，他们到达古特乐街 37 号，那里立着一栋普普通通的四层楼房，透过窗户不难看清，每层都是办公室。大门两侧一共挂着八个黄铜标牌，上面都写着公司名称。他们找了个遍，都没看到进步投资公司。

"看来，我们得到的信息有误。"菲利克斯叹了口气。

"你们仔细看看这些标牌，"凯伊灵机一动，"最下面这块看起来很新，比其他标牌干净得多，好像是刚刚装上去的。"

凯伊说的对，左下角的黄铜标牌确实是崭新的，上面写着"创新金融投资和资产管理有限公司"。

"还不赖嘛。"这还是彼得第一次称赞凯伊。

"也许拉普克的公司刚刚搬走了，楼里或许有人知道他们的去向。"菲利克斯推测道。

"问问不就知道了？"说着，彼得摁下了左下角的黄铜标牌旁的门铃。

门开了，他们上了楼梯，穿过一扇玻璃门，来到了公司前台。一位优雅的年轻女士跟他们打招呼："你们好，有什么我可以帮忙的吗？"

"我们正在寻找进步投资公司，地址是古特乐大街 37 号。但我们在这里找不到这家公司，您能告诉我们它现在在哪里吗？"

"进步投资公司？他们上周搬走了，也正因如此，我们才租到了这间办公室。我们很幸运，因为在法兰克福，租金低的办公室太少了。"

"那您知道这家公司现在在哪里吗？"

"抱歉，我不知道，但我可以问一下我们的总经理舒尔茨先生。"她站起身，穿过办公区，走进最里面的房间。

菲利克斯四处打量。这间办公室装修得很高级，《大众报》编辑部的办公室完全无法与之相提并论。地板上铺着深蓝色的地毯，所有办公桌都是浅褐色的，每张桌上都有崭新的电脑显示器，年轻的职员在电脑前认真工作着。

没过多久，那位年轻女士和一位男士从里面走了出来。那位男士就是舒尔茨先生。他穿着宝蓝色衬衣和红色背带裤，戴着一副金边眼镜，十分引人注目。

"你们好，"他跟几人打了招呼，"听说你们在找进步投资公司，现在这家公司已经搬走了，我甚至不知道他们是否还在法兰克福。你们找这家公司有什么事吗？"

"我们想找那家公司里的一个人。"菲利克斯言简意赅地说。

"冒昧地问一句，那个人是谁呢？我说不定认识。"

"威利·拉普克。"

"拉普克……抱歉，我不认识这个人。祝你们一切顺利！"

3

菲利克斯他们走出公司大楼，回到街上。

"现在我们该怎么办？"吉安娜有些茫然地问道，"不然直接回家吧？"

"别灰心，"彼得说道，"我们不能就这么放弃，一个人和一家公司不可能凭空消失。"

"没什么不可能的，"菲利克斯叹了口气，"一家公司很可能只存在于纸面上，就像小矮人公司一样。如果你把这张纸撕了，它就不复存在了。"

他们在古特乐大街上漫无目的地走着，希望能想到什么好主意。突然，吉安娜一把抓住菲利克斯的胳膊，低声说道："你们看，那是什么?!"

　　此时,他们正好走到一个可以看到古特乐大街 37 号后院的地方。他们看到一座停车场,一辆红色的法拉利停在那里。

　　"他一定就在附近,"彼得推测道,"我们现在只需守株待兔。"

　　"你们认识这辆车吗?"凯伊不解地问道。

　　"这是拉普克的法拉利。"

　　凯伊自告奋勇:"他认识你们,所以你们不能让他看见,否则容易打草惊蛇。但他不认识我,所以你们可以先藏起来,让我在这里等他。"

　　菲利克斯不得不承认凯伊说得对。古特乐大街 37 号的大楼和停车场中间有一道高墙,菲利克斯、彼得和吉安娜都藏到了墙后面。凯伊则靠在路牌上,反戴帽子,双臂抱在胸前,装出一副百无聊赖的样子。

　　漫长的等待开始了。菲利克斯和彼得不时偷瞄凯伊一眼。除了等,他们什么都做不了。

　　不知过了多久,他们突然听到汽车发动的声音,那辆法拉利从停车场开了出去,然后沿着古特乐大街绝尘而去。菲利克斯眯起一只眼睛,看清了汽车的车牌号:FZZ1234。

　　汽车开走之后,凯伊假装不经意地走到墙后面。菲利克斯觉得,此时的凯伊看起来就像电视剧里的侦探。

　　"你看到了什么?"

"你们知道谁坐在那辆法拉利里吗？"

"不知道。应该不是拉普克？"

"当然不是，因为我认得那个开车的人。"

"是谁？"

"舒尔茨。"

"那家新公司的总经理？"

"看来他认识拉普克！"彼得惊呼道。

"但他为什么不告诉我们呢？"

"答案显而易见——他们是一伙的！我们现在该怎么办？"

"继续监视，"凯伊说道，"我们得搞清楚，那家伙开车到哪儿去
了。我们现在需要一个熟悉这里的人。"

"莎拉！"菲利克斯喊道。

"你觉得莎拉会帮我们吗？毕竟她认为钱会让人变傻。"彼得有
些迟疑。

"至少我们可以试着问问她。"

"现在是 14：30，"吉安娜说道，"莎拉应该已经放学了。"

彼得拿出手机，菲利克斯拨了号，莎拉很快就接了电话。

"你好，莎拉，我们现在在法兰克福。"

"你好，菲利克斯，这可真是个惊喜。"

"我们需要你的帮助，你能过来一下吗？"

"当然可以，你们在哪里？"

"古特乐大街 37 号。"

"我半小时后就到。你们今天不上学吗？"莎拉疑惑地问道。

"本来应该上学，但是我们今天有一些更重要的事情要做。"彼得回答道。

莎拉和他们会合后，菲利克斯把凯伊介绍给她，然后大致讲了他们来法兰克福的原因。

"我要怎么帮你们呢？"莎拉问道。

"你熟悉法兰克福，或许可以帮我们找出那辆法拉利开到了哪里，这样一来，我们就可以顺藤摸瓜，找到拉普克的藏身之处。"

"在这么大的法兰克福找一辆法拉利？我觉得我们最好还是守在这里比较好。我突然想到一个问题，你们今天晚上打算住在哪里？"

"住在哪里？"菲利克斯愣了一下，"我们原本打算今天晚上就回去。"

"如果你们真的想抓到那个诈骗犯，今天晚上最好不要回去。"

"这一点我们倒是没想到……"

"不如我们去找米勒女士？"吉安娜突然提议道。

"她？怎么可能！"彼得反对道，"我们和她并不熟，怎么能去找她借宿呢？更何况我们有四个人。"

"那你说怎么办？"吉安娜反问道，"现在回家？在我们刚刚找到一条重要线索的时候？另外，米勒女士又不是陌生人。"

"可我们该怎么和父母说呢？"彼得又提出一个新问题，"如果我们今晚不回家，他们一定会报警。"

"不如让菲利克斯给他父母打个电话，告诉他们，我们的事情还没办完，明天才能回去。"

"你难道指望他们同意？"

"不要等他们回答，菲利克斯只需简单说几句，请他的父母转告我们的父母，然后立刻挂断电话。"

"我妈妈会着急的。"菲利克斯有些犹豫。

"当她听说你被骗了 27000 元以后，会不会更着急呢？"

菲利克斯不得不承认，吉安娜说的有道理。他拿起手机，心情沉重地给家里打了电话。

妈妈接了电话，急切地说道："菲利克斯，你还好吗？你赶紧告诉我你在哪儿！"菲利克斯按照计划，说了伙伴们让他说的话，然后立刻挂断了。他简直不敢想象，当他再次回到家里时会发生什么。

"你看，这一点儿也不难。现在，我们该给米勒女士打电话了。"

吉安娜拨通了米勒女士的电话，简单地说了几句，然后轻松地对伙伴们说道："一切顺利，她说我们可以在她家过夜，半个小时后，我们在证券交易所的雕像前和米勒女士碰面。对了，我们中得有一个人在这里守着，万一那辆法拉利开回来了呢？"

"我来吧，"凯伊自告奋勇，"不过你们晚点儿得过来接我。"

"当然，我们一定会的。"吉安娜保证道。

他们一起去了证券交易所的广场，不一会儿，米勒女士就来了。

"说说吧，是什么事情让你们在一个上学日一定要赶过来？"她仔细听着孩子们的叙述，不时摇摇头。听完之后，她赞许地说道："不得不说，你们真的很有勇气。也许我确实可以帮你们找到这个拉普克，但是你们是否能把钱要回来还是个未知数。不能抱太大的希望，你们的钱可能已经消失了。"

分别时，米勒女士递给他们一张纸条，说道："这上面写着我家的地址，今天 19：00 来我家找我吧，然后我们一起看看怎么办。其实，我应该直接送你们回家的。"

4

米勒女士的公寓在一座高楼里。吉安娜按了门铃，米勒女士迅速打开了门，看来她早就在等他们了。

"进来吧。"

公寓看起来很高档，客厅地板上铺着一块柔软的厚地毯，脚踩下去时，地毯会微微下陷。墙上挂着一幅巨大的油画，但菲利克斯看不出画的是什么。窗帘没有拉，可以透过窗户看到万家灯火。一个年轻人坐在宽敞的沙发上，看到菲利克斯他们，他站了起来，和他们打招呼。

"给你们介绍一下我的男朋友——麦克斯·菲伯尔。他是一名私家侦探，也许能帮到你们。"

"侦探？那你有手铐吗？"彼得兴奋地问道。

"我没有手铐。"菲伯尔先生大笑道，"再说了，我接触的大多是诈骗犯，他们通常没有武器。现在给我讲讲你们的遭遇吧。"

菲伯尔先生平静地听完了孩子们遇到的事。"还是那一套，"他撇了撇嘴，"不过他们现在居然连孩子都不放过，实在是太卑鄙了。"

他翻看了拉普克写给菲利克斯的信，接着说道："整个过程都在意料之中，包括最后公司突然消失。"

"我们能拿回我们的钱吗？"菲利克斯急切地问出这个他最关心的问题。

"我不能保证，你们要做最坏的打算。"

"他们就这样直接把我们的钱卷走了吗？"

"不，他们还不至于这么愚蠢。他们确实进行了投资，但投资的全都是毫无意义的项目。因为无论投资什么，对他们来说都是一样的，重要的是，他们可以从中赚钱。"

"我不明白。"菲利克斯摇了摇头。

"很简单，进步投资公司的员工需要进行商品期货交易。举个例子，拉普克或他的幕后操控者委托远在美国的经纪人买一吨铜。经纪人当然不会免费做这件事，而是要收取佣金。据我所知，每笔交易佣金为25元，而进步投资公司却向你们收取150元的佣金。因此，他们只需要多进行期货交易，就可以赚到钱。也就是说，他们赚的是佣金的差价。这些从拉普克发给你们的账单上不难看出，最多的一天，他们做了三笔交易！"

"这难道不是被禁止的吗？"菲利克斯问道。

"收取佣金是正常的，但金额没有那么高。拉普克这样做触犯了法律，但大多数客户都不明白这一点，就像你们一样。"

"为什么新闻里没有相关报道？应该提醒人们提高警惕，防患于未然！"

菲伯尔先生大笑起来："这样的新闻其实并不少，只不过人们听到有高额利润时，往往会失去理智，对金钱的贪婪蒙蔽了他们的双眼。"

"那进步投资公司呢？"菲利克斯又问道，"这家公司为什么突然消失了？为什么新公司的总经理开着拉普克的车？"

"我敢肯定，这家新公司和进步投资公司是一伙的，新公司的老板和拉普克一样，都是傀儡，一定还有幕后黑手。进步投资公司之前欺骗了很多人，难以收场，所以公司解散了。这样一来，就算有人报警，警察也很难找到他们。之后，他们再成立一家新公司，没有人知道这家公司，新的骗局又开始了。这是他们一贯的伎俩。"

"这就意味着我们必须找到那个幕后黑手？"

"没错，就是这样。"

"那我们应该怎么办呢？"

"明天我们继续监视停车场，一直等到那辆法拉利再次出现，然后再考虑下一步怎么办。这辆车一定与幕后黑手有关。"

这时，门铃响了，米勒女士打开了门，外卖员送来了七个大号比萨。

"晚餐到了，"米勒女士招呼大家，"先吃晚饭吧。"

餐厅非常小，里面只有两把椅子，所以大家都坐在地上吃比萨。

"明天对你们来说将会是非常忙碌的一天。"米勒女士说道，"如果想抓到诈骗犯，必须先养精蓄锐。"

这一晚，菲利克斯他们盖着羊毛毯，在客厅柔软的地毯上打地铺睡了一夜。

21

菲利克斯被绑架了

天下没有免费的午餐，
所有财富都必须通过努力才能获得。
没有风险的收益根本不存在。

1

从外面看，位于古特乐大街 37 号的这栋楼并没有什么可疑之处。透过明亮的窗户，菲利克斯他们看到许多人都在对着电脑认真工作。

天空灰蒙蒙的。他们从早上 7:00 一直等到上午 9:00，法拉利还是没有出现。

菲利克斯、彼得、吉安娜和凯伊都在菲伯尔先生的汽车里，他们目不转睛地盯着停车场入口。大街上，人们手里提着五颜六色的购物袋或黑色的公文包，行色匆匆。漫长的等待让菲利克斯感到心烦意乱。突然，菲伯尔先生轻轻吹了一声口哨。

"嘿，瞧瞧谁来了！"

那辆红色法拉利正在路口的红绿灯前。交通信号灯一变成绿色，法拉利就开了过来，打了个转向后，驶入了停车场。这时是上午 9：35。

"车里那位是拉普克吗？"菲伯尔先生问道。

"我看得不太清楚，他看起来更像舒尔茨，新公司的总经理。"菲利克斯说道。

"我现在就进去，好好看看那家公司。你们在这里等着，盯紧停车场。如果那辆法拉利离开，你们立刻给我打电话，明白吗？"

"明白！"菲利克斯答应道。其他人也点了点头。

菲伯尔先生下了车，把大衣领子竖起来，跑过大街，消失在大楼里。

"我好紧张！"吉安娜小声说道。

菲利克斯的心跳得飞快。奇怪，这时他想的却是另一些事情，比如此刻自己本来应该在学校里上数学课，而父母正在为自己担心不已。

"你们觉得，我们的父母会因为这件事情报警吗？"菲利克斯忐忑地问伙伴们。

"我父母肯定不会。"凯伊嘟囔道。

"我爸爸肯定会大发雷霆，但是他不会立刻去报警。"彼得说道。

"我不太确定外婆会怎么样，这是迄今为止我做过的最疯狂的事情。"吉安娜说道。

菲利克斯叹了口气："我们回家后，家里一定会掀起轩然大波。"

他们再次陷入沉默，盯着灰蒙蒙的道路、明亮的窗户和停车场的入口。

"糟糕！"彼得突然喊道，菲利克斯也听到了法拉利发动机的轰鸣声。它在拐角处转了个弯，在停车场入口停了一下。彼得连忙给菲伯尔先生打电话，然而已经来不及了，法拉利轰的一声开走了。

这回又白等了，菲利克斯沮丧地想。

这时，交通信号灯变红了。几个小朋友在幼儿园老师的陪同下接二连三地穿过马路，法拉利只好停下来等待。大楼的门突然被推开，菲伯尔先生向他们走来。菲利克斯和彼得焦急地冲他挥手，然后指向那辆法拉利。

菲伯尔先生一下子就明白了。他飞奔过来，拉开车门，迅速坐到方向盘后，发动了汽车。

"他已经起了疑心，我们现在必须紧紧跟着他。"

这时，交通信号灯变绿了，法拉利开了起来。菲伯尔先生的车和法拉利之间还隔着两辆汽车。

"他看到您上车了吗？"

"应该没有。如果我们足够幸运，他会带我们找到幕后黑手。我刚才问这个总经理关于拉普克的事情，他表现得非常正常，就像你们问他时那样。但我明显察觉到，他已经预感到事情不妙了，毕竟在这么短的时间里，已经有两拨人问过他同一件事了。"

"看来，他是想隐瞒自己和拉普克的关系。可他为什么还要开拉普克的车呢？"菲利克斯不解地问道。

"看来人人都会犯错误。许多诈骗犯贪图享乐，有时会犯最愚蠢的错误，而这对他们来说，恰恰是致命的。我们现在不能太着急。"

舒尔茨似乎真的没有注意到他正在被跟踪。法拉利就像往常一样，汇入了车流中。

2

他们横穿了整个法兰克福。菲利克斯注意到，菲伯尔先生跟踪时非常有技巧，他们的车一直不远不近地跟着，那辆法拉利一直没有离开他们的视线。

终于，法拉利拐进了一个大型购物中心的地下车库。

"我们跟进去，"菲伯尔先生说道，"凯伊，你留在车里，菲利克斯、彼得和吉安娜，你们在购物中心里四处找找，也许他只是去购物了。我要去仔细观察一下那辆车。菲利克斯带好手机，如果有情况，立刻给我打电话！你们都要记好：只能远远地跟着，不能冲上去逞英雄，明白了吗？"

"明白！"

菲伯尔先生的身影消失在地下车库里。三个孩子去了购物中心，可是他们应该从哪里开始找呢？

"不如我们分头行动？"彼得提议道，"吉安娜去左边，我去超市，菲利克斯去后面的服装区。"

菲利克斯进入男装区，发现这里挂满了西装和大衣，一眼望不到头。他在一排排衣架中间仔细地搜寻着，试图看清每个人的脸，但是一直都没有找到舒尔茨。他又走到后面的角落里去找，甚至往每个试衣间里都看了一眼，结果一无所获。

菲利克斯本想去和其他人会合，但他突然发现试衣间旁边有一部电梯，电梯门上方正显示着数字 6。也许舒尔茨根本不是来购物的，而是就住在这栋楼里呢？

菲利克斯毫不犹豫地乘电梯去了六楼。出了电梯，他走进一条破旧的走廊。

走廊里有三扇门，门牌上分别写着"汉斯·赛德博士，律师事务所；玛丽斯·梅克尔，心理咨询师；卡尔巴特，税务顾问"。难道舒尔茨是来找律师或税务顾问的？

还是一无所获。菲利克斯决定去五楼碰碰运气。五楼有一家牙科诊所、一家眼科诊所和一家贸易公司——泛大西洋贸易有限责任公司，菲利克斯觉得这个名字怪怪的。

他正想走楼梯去四楼，突然听到了开门的声音。他转头一看，只见从那家贸易公司里走出三个男子，一个是舒尔茨，另一个是拉

普克，第三个人菲利克斯不认识，只听他对另外两人说："你们还记

得 AX1749 吗？"

"当然，先生。"拉普克答道。说完，他冷不丁转过身，发现了

菲利克斯。

"你怎么在这里？"他大吃一惊。

菲利克斯大脑一片空白，他根本不知道该怎么办。

那个陌生人问拉普克："他是谁？"

"他是菲利克斯·布鲁姆……"

"这些讨厌的孩子！我早就跟你说过，不要对孩子下手！"

之后的一切都发生得猝不及防。那个陌生人飞快地跑向菲利克

斯，重重打了他一拳。菲利克斯顿时眼前一黑，失去了知觉。

3

菲利克斯醒来时，发现周围一片漆黑。他觉得头痛欲裂。这里

到底是哪儿？他想摸摸额头，却发现自己的双手被绑在了背后。他

的嘴巴被胶带封住了，发不出任何声音。

"太倒霉了！我只不过想把钱找回来，没想到却被绑架了！这种

事不是只会在电视上看到吗？"菲利克斯懊恼地想。

这时，他忽然发现，关着他的"监狱"是活动的，正在左右摇

摆。同时，他还听到了车来车往的喧嚣声。

"原来我在汽车后备箱里！"菲利克斯恍然大悟，"他们要把我带到哪里呢？要是我不那么执着地想把钱找回来就好了……"菲利克斯绝望地想。

他的手腕受伤了，双脚也被绑住了。他想翻一下身，让自己躺得舒服一点儿，可是身体却难以动弹。他凝神听着外面的声音，发现车行驶得很平稳，也许这辆车在高速公路上。

菲利克斯心想："其他人有没有发现我不见了？他们肯定发现了，可是他们要怎样才能找到我呢？"

菲利克斯想确认一下手机是否还在口袋里，可他被绑得牢牢的，根本摸不到口袋。

他又开始听外面的车声。过了很久，他都没有听到有人说话。或许只有一个司机在开车？

过了一会儿，汽车拐了个弯，开始爬坡。突然，发动机熄火了，车停了下来，车门被打开，然后又被关上了。之后就什么动静都没有了。

菲利克斯很焦急。现在该怎么办呢？绑匪是不是把他忘记了？或者故意把他留在这里？

他试着挣脱绳索。挣扎了一阵后，绳索并不像之前那么紧了，被绑在背后的胳膊慢慢能活动了，这给了他勇气。他拼命挣扎，直至筋疲力尽。

过了几分钟，他又使出全身力气，再次尝试。这次，他成功从绳索里抽出了一只手，之后，一切都变得容易多了。他把另一只手也抽了出来，撕掉封住嘴巴的胶带，最后解开捆在脚上的绳索。他终于能活动了！可糟糕的是，他仍然困在后备箱里。

菲利克斯开始用拳头捶后备箱，但外面一片死寂。

手机！菲利克斯突然想了起来。他摸遍全身，发现手机还藏在口袋里。这些绑匪显然没想到，一个 10 岁的小孩会有手机。菲利克斯连忙给菲伯尔先生打电话。

"喂？"他听到了菲伯尔先生的声音。

"我是菲利克斯，你们能来接我吗？"

"你跑到哪儿去了？我们到处找你。出了什么事？"

"我没事，我已经把绳索解开了。"

"绳索？"

"我被绑起来了，现在被困在一辆汽车的后备箱里。我已经挣脱了绳索，但我不知道该怎么出去。"

"你被绑架了？汽车停在什么地方？"彼得焦急地喊道。

"我怎么会知道？绑匪离开之前也没有告诉我。"

"你现在试一试能不能把汽车的后座蹬开。千万不要挂电话。"菲伯尔先生说道。

菲利克斯连忙用双脚使劲蹬后座，后座好像真的动了。

这时，他又听到了彼得的声音："但是法拉利没有后备箱……"

"我之前没有想到这一点，"菲伯尔先生说道，"他们把法拉利停在购物中心，然后开着另一辆车离开了。菲利克斯，你能出来吗？"

"我正在努力！"菲利克斯边说边用力踹，后座终于松动了。

"我觉得应该快了！"说着，他又用力踢了一脚，后座向前倒去。菲利克斯连忙爬出了"监狱"，看到了阳光。当他终于适应了光线，才发现周围的一切看起来都十分模糊——他的眼镜不见了！

4

菲利克斯连忙用手在后备箱里四处摸索，终于在角落里摸到了左侧镜片裂了一条缝的眼镜。戴上眼镜后，他勉强看清了外面——车非常多，但却一个人都没有。

"我在一个停车场里，这里一个人都没有。"菲利克斯对着手机说道。

"能不能找到什么提示或标志？你坐的是一辆什么车？车牌号是多少？"

"我去看看。"菲利克斯从后备箱爬到前面，打开了车门。

"车牌号是 FZZ1984。我好像在什么地方见过这个车牌号……"

"这个车牌号和法拉利的很像，开头都是 FZZ。他们到底打算干什么？菲利克斯，你现在要尽快设法搞清楚自己在什么地方。"

"这个停车场里停满了车，"菲利克斯环视四周，"我看到一个标志，上面写着 1 号航站楼。"

"是机场！他们在机场！"菲伯尔先生喊道，"他们想逃跑！因为你发现了他们，所以他们把你锁在了后备箱里。他们把你绑起来，只是为了多争取一些逃跑的时间。"

"我们必须找出他们的航班飞往哪里！"

"从我们和你失去联系到现在，还不到一个小时，他们肯定还没飞走。我们现在就去机场。菲利克斯，到底是谁把你绑起来的？"

"拉普克、舒尔茨还有一个陌生人。"

"那个陌生人长什么样？你注意到关于他的其他细节了吗？"

"我没顾得上仔细看。他看起来很普通，年纪和另外两个人差不多。对了，他一条眉毛比另一条眉毛粗很多，但我也不太确定。"

"眉毛粗细不同？我从来没见过这样的人。等见面再说吧，一定要注意安全！"

菲利克斯挂了电话，把手机放进口袋里。然后他穿过停车场，朝 1 号航站楼走去。菲利克斯曾和父母一起坐过飞机，所以他知道怎么从停车场去机场。他穿过马路，进入熙熙攘攘的航站楼大厅。可是，他要如何在这么多人里找到那三个坏蛋呢？

菲利克斯在人群中穿来穿去。有人拖着大行李箱，有人推着手推车，人群一眼看不到头。

他继续往前走，来到安检口，把自己的大衣放到传送带上。一名安检员关切地问他："孩子，你一个人坐飞机吗？这样可不太安全啊。"

"我爸爸在前面，他先进去了。"菲利克斯撒了个谎。

"我还以为你自己一个人出远门呢。"安检员善意地笑了笑，让菲利克斯通过了。

大厅的广播里响起了登机提醒："请前往巴塞罗那的温德·穆勒一家前往 B31 登机口。"菲利克斯心跳加速，他觉得自己必须做点儿什么来阻止拉普克他们离开，但却不知道该做什么。

出发大厅里，许多人看起来都和证券交易所里的人很像，他们大多穿着深色的西装和灰色的外套，有人在打电话，有人在看报纸，还有人躺在座位上睡觉。

大厅里悬挂着一块巨大的显示屏，上面显示着飞机的起飞时间。一些航班后面闪烁着绿灯，这意味着飞机马上就要起飞了。

菲利克斯在大厅里焦急地四处搜寻，不时抬头看一眼显示屏。每个目的地前都有一串代表航班号的字母和数字：LH345，LH8921，BA7865，AX7634，AX1749……

1749？菲利克斯突然想到，他似乎在什么地方听到过这个数字。他思索了一番，终于想起来了——那几个坏蛋在发现他之前，正好说起过这个数字。

这时，他看到显示屏上显示着：AX1749，前往金斯顿，登机口B37。这行字后面的绿灯已经开始闪烁了。

5

菲利克斯意识到，这也许是他最后的机会了。他拼命跑了起来，在人群中钻来钻去。左右两边都有登机口，上面标着数字：B30、B31，B32……终于，他跑到了一扇玻璃门前，上面标着 B37。门前站着一位穿制服的年轻女士，她正在检查乘客的登机牌。一条通道直接通向一架巨型喷气式飞机，机翼上印着"全岛航空公司"的字样。菲利克斯仔细搜寻着排队登机的每一位乘客，终于找到了他们——拉普克和舒尔茨，还有那个两条眉毛粗细不同的人。

菲利克斯想都没想，直接冲向玻璃门。

"喂，这么进去可不行，我必须检查一下你的登机牌。"穿制服的年轻女士连忙阻拦道。

"我没有登机牌！"菲利克斯往前挤着，"我必须进去，那里有三个诈骗犯，他们骗了我们的钱！"

"机场可不是玩冒险游戏的地方！"年轻女士仍然不肯放行。

"我不是在闹着玩！我一定要进去！他们骗了很多钱，现在想携款逃跑！他们还把我绑了起来……"

"我觉得你应该先去找你的父母。"

好在拉普克和他的两个同伙还没发现菲利克斯，正准备登机。必须抓紧时间做点儿什么！立刻！

穿制服的年轻女士向路过的两名警察高喊道："您好，我们需要帮助！"

两名警察走了过来。

"这个孩子说，飞机上有三个诈骗犯，他要求上飞机。您能处理一下吗？舱门在一分钟后必须关闭。"

两名警察打量了一下菲利克斯，其中一名说道："你说有三个诈骗犯？他们叫什么名字？"

"一个叫拉普克，另一个叫舒尔茨，还有一个人的名字我不知道。拜托，请你们快一点儿！"菲利克斯看到那三人已经消失在他的视线之外。

"别激动，我们会处理的。他们对你做了什么？"

"他们打了我，然后把我绑起来，他们之前还骗了我一大笔钱。"

"什么？你被绑了起来？"其中一名警察非常严肃地问道："这些人骗了你多少钱？"

"27000元！飞机马上就要起飞了，请你们快一些！"

另一名警察拿起他的对讲机，神情严肃地说道："B37登机口有一个孩子，他说有三个诈骗犯坐在AX1749航班上，其中一人名叫拉普克。我们的通缉名单上有这个人吗？什么？是的，一个孩子……没错，他戴着一副眼镜。"

警察转向菲利克斯，问道："你叫什么名字？今年多大了？"

"菲利克斯·布鲁姆，今年快11岁了。"

警察听完，微笑着说道："原来你在这里。你的父母很担心你，菲利克斯·布鲁姆。"

爸爸妈妈！看来他们真的报警了！难道事情就要搞砸了吗？

"现在可以关闭舱门了吗？"穿制服的女士问道，"我们已经晚点 10 分钟了。"

"可以了。"警察转过头，对菲利克斯说道，"你的朋友在哪里？"

这时，走廊里传来叫喊声："菲利克斯！"

是吉安娜！她在走廊尽头挥着手，急急忙忙地朝菲利克斯跑来。吉安娜身后跟着菲伯尔先生、彼得、凯伊和莎拉。

"请让飞机停下来！"菲伯尔先生远远地对警察喊道，"飞机上有一个通缉犯！"

"这些是失踪的孩子吗？"一名警察问道，"您能解释一下吗？"

"可以，但我现在没时间！您听好了：这架飞机上坐着德国最大的投资诈骗团伙的头目约翰·瑞，他要逃跑！请您赶紧采取行动！"

"就算采取行动，针对的也是您，您涉嫌绑架儿童。"说着，这名警察再次掏出对讲机。

现在不冲上去，可能就再也抓不到他们了！菲利克斯向后退了一步，冲彼得眨了眨眼，然后不顾身后急促的呼喊声，飞速跑向舱门。他跑过登机通道，看到了机舱门，一位空姐正准备把舱门关上。

"这是怎么回事？"她惊呼道，但菲利克斯已经冲入了机舱。

"欢迎乘坐飞往金斯顿的航班。本次航班预计飞行时间为 7 小时40 分钟，我们现在请您……"广播里传出播报声。

"你赶快离开这里！"空姐尖叫着。菲利克斯无视她，在乘客中不停地寻找。没花多少工夫，他就在第一排看到了他们——拉普克坐在靠过道的座位上，舒尔茨坐在中间，那个陌生人坐在右边。

"把钱还给我！"菲利克斯冲他们高喊道。

拉普克看起来非常惊讶。他把手里的报纸缓缓放到膝盖上，非常有礼貌地说道："你的钱？我们认识吗？这里面恐怕有什么误会。"

就在这时，突然有人从背后抓住了菲利克斯的胳膊："你得下飞机了，"一位穿蓝色制服的男士严肃地说道，"否则你会有麻烦。"

这位男士把菲利克斯从机舱往外拉，菲利克斯根本没法反抗。

现在一切都完了。菲利克斯绝望地想。

回到登机口，菲利克斯看到两名警察迎面走来。怎么回事？他们并没有像菲利克斯想的那样抓住他，而是继续向机舱走去。

"放开那个男孩。"其中一名警察边走边喊。很快，他们的身影消失在机舱里。

不一会儿，他们押着拉普克、舒尔茨和那个陌生人出来了，这三个人都戴着手铐。

菲利克斯听到那个陌生人对拉普克咆哮道："都怪你！谁让你去招惹那些孩子的！"

他们很快就走远了。彼得、吉安娜和菲伯尔先生他们向菲利克斯冲了过去。

"真刺激！你做得太棒了！"彼得赞叹道。

"走吧，我们现在去机场警务室，我们必须把一切都告诉警察。"菲伯尔先生说道。

菲利克斯走在伙伴们中间，心跳得厉害。

6

到了警务室，菲利克斯他们见到了那两名警察，还有另一位看起来很和善的先生——警长塞缪尔。还没等他开口，菲利克斯就迫不及待地问道："您是怎么在最后一刻做出了逮捕那些罪犯的决定的？"

塞缪尔先生答道："你提供的信息起了决定性作用。他们当中有个人两条眉毛不一样粗，而且他们的汽车牌号中有 Z。"

"您是怎么知道的？"

"这些都是菲伯尔先生告诉我们的。一名警察受到了启发——那不是浓密的眉毛，而是长条形的黑痣，而诈骗惯犯约翰·瑞就长着这样一片黑痣。他诈骗的金额已有数百万，滚雪球式诈骗法是他的一贯伎俩。"

"我认为，您可以更详细地向孩子们解释一下。"菲伯尔先生提议道。

"滚雪球式销售法类似于一根链条。比如约翰·瑞对他的朋友说，你每说服一个人给我投资1000元，那么你就会得到200元。他的朋友会对另一个人说同样的话，以此类推。这样一来，第一个抛出雪球的人就会牟取暴利。"

"但前提条件是，必须不断有人来投资，对吗？"

"没错，所以骗局越做越大。每个受骗者都在掩护瑞，因为他们希望从瑞那里拿到钱，这使得我们始终难以掌握有力的证据。不过，现在我们已经知道他是进步投资公司的幕后黑手，把他送进监狱就容易多了。"

"我们什么时候能拿回我们的钱？"吉安娜问道。

"你们被骗了多少钱？"塞缪尔先生问道。

"27000元。"

"27000元？你们在和我开玩笑吗？几个小孩哪来的这么多钱？"

"我们找到了宝藏。"

"宝藏？你们详细给我讲讲。"

彼得、菲利克斯和吉安娜给塞缪尔先生讲了关于小矮人公司、单簧管、金币、证券交易所和儿童电视公司股票的一切。当他们讲到拉普克时，塞缪尔先生摇了摇头："怎么能这样轻信别人？以后可不能再这样轻易把钱给别人了。"

讲到最后，菲利克斯说道："我们是为了找拉普克，才来到法兰克福的。"

"我们到底什么时候才能拿回我们的钱？"彼得有点儿不耐烦。

"这可不是一件容易的事。警方目前正在搜查购物中心楼上的那间秘密办公室，但我并不认为那里有什么有价值的东西。"

"为什么？"彼得又问道，"他们都被逮捕了，钱为什么还拿不回来？"

"可如果这些钱都不见了呢？"

"什么意思？您是说，他们把钱都花掉了？"

"很有可能。瑞和拉普克这样的人都过着奢靡的生活，买他们开的那辆法拉利就要花不少钱。此外，他们正准备逃往海外，要是资金已经转移到海外，我们就很难追回了。"

"这不公平！"吉安娜愤愤不平地喊道。

"确实，但这也是没办法的事儿。"

"等等！他们还有法拉利，那辆车一定值很多钱。"彼得提醒道。

"当然，我们会没收那辆法拉利。但那些家伙欺骗了投资者数百万，每个人都想要回他们的钱。你们应该感到高兴，幸好菲利克斯没出什么事。"

这时，菲伯尔先生说道："我现在必须通知你们的父母。你们同意吗？"

菲利克斯点了点头。可他一想到回家以后可能会发生的事情，就感到非常不安。

"喂，您好，是布鲁姆先生吗？"菲伯尔先生在电话里说道，"我是来自法兰克福的麦克斯·菲伯尔，我打电话是为了告诉您，菲利克斯和其他孩子都在我这里，他们都很安全。您问他们在这里做什么？是这样，他们追踪了一个投资诈骗团伙，警察已经把幕后黑手抓到了。现在？不，我觉得他们最好能在这里休息一晚，好好睡一觉。菲利克斯？他就坐在我旁边。"说着，菲伯尔先生把手机递给了菲利克斯。

"爸爸……"菲利克斯小声说道。

"菲利克斯！"爸爸用沙哑的声音喊道，"你还好吗？"

"我很好，你们别担心。"

"你没事就好。那位菲伯尔先生说他会好好照顾你们，你们先好好睡一觉，其他事情明天再说。"

"好的，爸爸。"

菲利克斯挂断电话后，菲伯尔先生说道："现在，我们该去享用一顿丰盛的晚餐了。我提议，我们一起去法兰克福证券交易所旁边的餐厅用餐吧。"

7

菲伯尔先生、米勒女士和菲利克斯等人围坐在饭店里一张长长的桌子旁。桌子上铺着白色的桌布，中间摆着两个银色的烛台。每个人面前都摆好了刀叉。

菲伯尔先生站起身，有些激动地说道："开饭之前，我想简单对大家讲几句话。菲利克斯，小矮人公司的每位成员，你们一起做了一件非常了不起的事，你们把最狡猾的投资诈骗犯送进了监狱，这可不是谁都能做到的。另外，还有一些事情也非常重要，你们在过去几个小时里，学到的有关金钱的知识，可能比一个成年人一生学到的都要多。请你们铭记于心：天下没有免费的午餐。如果有人说赚钱很容易，那么他很可能就是在骗人。所有财富都必须通过努力才能获得，包括我们在交易所通过买股票挣到的钱。没有风险的收益根本不存在。"

"亲爱的玛尔塔，"菲伯尔先生又对自己的女朋友说道，"你的运气实在太好了，如果再晚两天卖掉儿童电视公司的股票，你的损失会比这些孩子们的多得多。"

"麦克斯，你总是揭我短处。好吧，人无完人，但是为什么不能交点儿好运呢？"

所有人都笑了起来，大家一起举杯。

"敬未来！"菲伯尔先生说道。

"敬小矮人公司！"米勒女士说道。

22

弗里德曼先生来了

刚开始创业时，
遇到一些困难并不是什么坏事。
只有经历了这些，
才能为之后可能遇到的暴风雨做好准备。

I

车缓缓停了下来。透过车窗，菲利克斯看清了站台上迎接他们回家的人：他的父母，彼得的父母，吉安娜的外婆，还有施密茨先生。尽管现在天气已经非常寒冷了，他们还是早早地来到了火车站。

看到这一幕，菲利克斯心里很不好受。他一下车就立刻奔向了妈妈，紧紧抱住了她。

"你们为什么还是报警了？你们真的以为我们离家出走了吗？"

"我们还能做什么呢？你打来那个奇怪的电话之后，我们担心得坐立不安。"

"你们应该信任我。"

"是吗？"爸爸说道，"那你信任过我们吗？你连期货的事都没跟我们说过。"

"我害怕您会说，我应该把所有钱都存起来。"

"无论如何，我会阻止你们把钱送到骗子的手里，那可是27000元啊！"

"你们已经知道了？"

"是的，施密茨先生都告诉我们了。我只能说，如果你们把这笔钱存到银行里，获得的利息都不会少。"

"也许警察可以把这笔钱找回来。"菲利克斯说道。

"我对此并不抱太大的希望。先回家吧，今天晚上还有客人呢。"

"客人？什么客人？"

"就是那位从美国来的马丁·弗里德曼先生呀，你不是和我们说过，他和那些金币可能有关系吗？"

马丁·弗里德曼！菲利克斯差点儿把他给忘了。可是，该怎么向他解释呢？

几个小伙伴分开之前，菲利克斯对凯伊说道："你通过了考验，现在已经是我们中的一员了。"

2

17：00，菲利克斯他们在火车站的站台上等待弗里德曼先生。从法兰克福开来的火车到站了，人们三三两两地下了车。菲利克斯仔细打量着每位乘客，然而他们看起来都太年轻，没有一个人像弗里德曼先生。

他们一直等到站台上的乘客都走光了，也没看到可能会是弗里德曼先生的人。这时，菲利克斯突然看到头等车厢的列车员正在帮助一名乘客下车。他先把那名乘客的箱子拿下来，放在站台上，然后又帮助一个老人下了车。

那个老人个子很高，穿着一件黑色的外套，弯着腰，挂着一根拐杖，拎着一个大手提箱，缓缓向他们走过来。他戴着的那顶宽檐黑色礼帽非常引人注目，菲利克斯还从没见过有人戴这样的帽子。

"你们好！"老人向他们打了招呼，然后问道："你们能告诉我，哪里可以打到出租车吗？"老人说话的口音听起来有些奇怪。

"您是弗里德曼先生吗？"

"是的，你们怎么知道？难道你们就是……"

"我是菲利克斯，这是我的伙伴们，彼得、吉安娜和凯伊。"

"没想到你们还是孩子……"

"是的，您之前不知道吗？"

"我怎么会知道呢？你们写信的时候也没有告诉我。"

"欢迎您，弗里德曼先生。"菲利克斯说着，热情地伸出了手。

"谢谢你们，我现在先去椴树饭店，明天我想看看单簧管，你们觉得这样行吗？"

"当然。"彼得爽快地答道。

弗里德曼先生离开后，彼得对菲利克斯说道："那我们明天再把一切都告诉他吧。"

菲利克斯心想，如果弗里德曼先生听了金币的故事，也许就不会像刚才那么友好了。

3

第二天早上，他们去椴树饭店找弗里德曼先生，然后一起去了施密茨先生的乐器行。

"真没想到，这里的一切看起来还和当年一样。"弗里德曼先生站在乐器行门口感慨道，"这里以前是一家文具店，好像叫米勒文具店。后面还有一座果园，树上结的李子特别好吃。"

"是樱桃。"彼得说道。

"也许你说得对，时间过了太久，我记不太清楚了。"

"我们现在还在里面养了鸡。"吉安娜自豪地说道。

"你们还会养鸡？真了不起。"

他们在门口聊天时，门打开了，施密茨先生从里面走了出来。

"您就是弗里德曼先生吧？"他带老人和孩子们进了房间。

房间被施密茨先生收拾得干净整洁，乐谱架立在中间，上面放着那根单簧管。

弗里德曼先生什么也没说，他把拐杖靠在写字台旁边，颤颤巍巍地走向乐谱架。他把单簧管小心翼翼地捧在手里，好像它是玻璃做的，一不小心就会掉到地上摔碎。用指尖轻轻抚摸簧片后，弗里德曼先生深深吸了一口气，然后开始吹奏起来。

起初，乐曲的声音很小，几乎听不出旋律。几小节过后，单簧管奏出的旋律越来越欢快，节奏感越来越强，使人不由得沉醉其中。一曲终了，在场的人听得意犹未尽。

弗里德曼先生放下单簧管。房间里鸦雀无声。

"《蓝色狂想曲》！"施密茨先生赞叹道，"没想到您这个年纪还能吹奏这首曲子！"

弗里德曼先生仿佛没有听到这句赞美，他再次用指尖抚摸着单簧管，喃喃道："我想要回这根单簧管，我需要付您多少钱？"

"没问题，但是在此之前，我们要先告诉您一些其他事情。您喜欢爆米花吗？"

弗里德曼先生看起来非常惊讶："爆米花？当然！"

施密茨先生走出房间，很快就带着两大袋爆米花回来了。他把房间里唯一一把椅子让给弗里德曼先生，其他人则随意地坐在桌子

上或地板上。施密茨先生从书桌抽屉里拿出了藏在单簧管盒子里的
那张股票。

"这张股票您有印象吗？"

"南德意志机械制造股份有限公司……我好像听过这个名字，这
张股票应该是我父亲的。您是从哪里找到的？"

"它就藏在您装单簧管的盒子里，我们也是偶然发现的。"

"在盒子里？真是太不可思议了！"

"盒子里还有其他东西。"施密茨先生和孩子们七嘴八舌地把整
件事情都讲了一遍：金币、小矮人公司、股票和拉普克，以及他们
是如何找到那些诈骗犯的。糟糕的是，他们的钱可能找不回来了。

"藏在盒子里的金币？我万万没想到，爸爸把他的财产藏在了那
里……"弗里德曼先生自言自语道。

"您现在生我们的气吗？"吉安娜有些忐忑地问道。

"生气，为什么生气？"

"因为钱没了，毕竟那些金币是属于您父亲的。"

"不，我不生你们的气。虽然这笔钱当年可能对我很有用，但我
现在不需要这笔钱了。现在，轮到你们花点儿时间，听我讲讲我的
故事了。这个故事稍微有些长，你们愿意听吗？"

"当然愿意。"菲利克斯答道。

弗里德曼先生沉默了一会儿，缓缓开口："关于我的一些事情，
你们大概已经有所了解了。我曾在施恩施泰德交响乐团吹奏单簧管，

我的父亲是一名牙医。"

"是的，"菲利克斯说道，"我们听人说起过。"

"我父亲的收入不低。赚了一些钱后，他去交易所碰了碰运气。虽然他很少给我讲，但我还是知道一些。有一次，由于一家公司突然倒闭，他损失了很多钱。我猜，可能就是这家南德意志机械制造股份有限公司吧，我总觉得这个名字很耳熟。但我不知道他为什么保留了这张股票，也许是想留作纪念吧。

"有一天，父亲给了我一个盒子，里面装着一根崭新的单簧管。我从来没有想过，父亲会把金币藏在这里。他一直不是特别喜欢我们演奏的音乐，总说听到这种音乐，他觉得喘不过气来。不过我们表演时，他也会为我感到骄傲。

"我记得他经常对我说'不要把你的单簧管随便乱放'，但我当时没有察觉到任何异样。后来，我父亲因为突发心脏病去世了，母亲决定带着我去美国。她想离开德国，离开这个伤心地。谁都不知道父亲有金币。我们先去了费城，因为父亲的表弟住在那里。"

"可您为什么把单簧管留在了德国呢？"菲利克斯问道。

"这就不得不说到乐队了。我们当时非常受欢迎……"

"是的，布姆先生已经告诉我们了。"彼得说道。

"什么，他还活着？"

"是的，我们是从他那里知道您的。"

"他告诉了你们我的名字？"

“我们还是颇费了一番功夫的。”施密茨先生说道。

“反正都已经过去了。当时，我有一个女朋友，她叫宝拉。我去美国前，把对我来说最重要的单簧管留给了她，请她保管，并向她许诺，等我在美国站稳脚跟，就回来和她结婚。

“几年后，我回来了，也找到了宝拉。可是她看到我时，却泪流满面，告诉我她刚刚结婚……”

“和韦伯先生？”

“是的。当时我心灰意冷，回到美国才想起单簧管，但是它对我来说已经不重要了。后来，我创办了自己的公司，结了婚，有两个孩子，他们早就成年了，应该和你们的父母差不多大。几年前，我退休了，在新泽西州安享晚年。我的生活一直风平浪静，直到收到你们的来信。现在，我又回来了，可我只能去宝拉的坟墓前祭拜了。生活就是这样。”

说完，弗里德曼先生沉默了。菲利克斯被他的故事深深打动了。

这时彼得开了口：“弗里德曼先生……”

“怎么了？”

彼得犹豫了一下才继续问道：“您真的很有钱吗？”

老人有点儿困惑：“你为什么这么问？”

“请您告诉我吧。”

“这要看标准是什么。这么说吧，我在美国过得还不错，我开了一家小型经纪公司，并且小有成就。”

彼得吞吞吐吐地说道："金币换来的钱都被骗走了，没办法还给您了……但我们还有一袋钻石，可以把它卖掉。"

弗里德曼先生笑了笑，但眼里却闪烁着泪花。他擦了擦眼角的泪痕，然后说道："不，我不需要。我觉得自己很幸运，我挣的钱足以负担我的退休生活。我刚到美国时，一无所有，我现在所拥有的一切都是辛勤劳动换来的。孩子们，刚开始创业时，遇到一些困难并不是什么坏事。只有经历了这些，才能为之后可能会遇到的暴风雨做好准备。塞翁失马，焉知非福，你们失去了赚到的钱，也许会碰到其他机遇。"

"至少我们还有那袋钻石。"

"那袋钻石有多少克拉？你们付了多少钱？"

"6克拉碎钻，我们付了将近1000元。"

"恐怕你们还是被骗了。"

"可是这真的是钻石！"吉安娜喊道。

"是的，可你们是以零售价购买的这袋钻石，也就是钻石在商店里售卖时的价格。如果你们想把它卖掉，只能以回收价出售，价格肯定比购买时低很多，也许只能卖600元。这也是诈骗犯惯用的伎俩之一。"

"但是这袋钻石每颗都非常坚硬。"

"很多人都被这种说辞欺骗了。坚硬毫无意义，价格才是最重要的。把这袋钻石当作你们伟大冒险的纪念品吧。说到冒险，我突然想问：螃蟹溪里还有螃蟹吗？"

彼得笑道："我还没有抓过螃蟹，只抓过鳟鱼。只要……"

弗里德曼先生也笑了："用手就能抓住，是不是？"

"没错，"彼得带着几分得意说道，"把手慢慢地放进水里，然后让别人把鳟鱼赶过来……"

"徒手在水里抓鱼……我们当年也这么干过。"弗里德曼先生露出怀念的神色。

"螃蟹溪是我们的秘密基地，我们总在那里召开董事会会议。"

"那里没有其他人吗？砖厂倒闭了？"

"砖厂早就停产了。"

弗里德曼先生沉默了片刻，然后说道："你们明天可以带我去螃蟹溪看看吗？

23

皆大欢喜

企业经营者如果不能居安思危，
很快就会产生惰性，
最后把一切都输掉。

1

第二天下午，菲利克斯的爸爸开着车，带着菲利克斯和彼得去椴树饭店接弗里德曼先生，然后前往螃蟹溪。

"一切看起来都和以前一样，从外面根本看不出这里已经停产了。"弗里德曼先生仔细打量着砖厂，然后转过头对彼得说道，"你带我去看看鳟鱼在哪里吧。"

彼得咧嘴一笑，带着弗里德曼先生消失在暮色中。

菲利克斯和爸爸走进了砖厂。爸爸感慨道："不得不承认，这里确实非常舒服，竟然还有一个火炉。我们是不是应该把火生起来？这样彼得他们回来时就不会觉得冷了。"

　　菲利克斯觉得这是个好主意，他和爸爸一起找了一些枯树枝和木头。不一会儿，屋子里就响起树枝燃烧发出的噼啪声。菲利克斯和爸爸站在火炉旁，活动着他们冻得有些僵硬的手指。

　　"爸爸。"过了一会儿，菲利克斯小心翼翼地开口。

　　"怎么了，菲利克斯？"

　　"我们必须搬去柏林吗？"

　　"我别无选择，那里的一家大报社打算聘用我，他们答应给我的工资也比过去高，我还能要求什么呢？"

　　"可是我不想搬走。"

　　"我完全可以理解。但是你要明白，我不能一直失业。我还有几天的时间可以考虑。"

　　这时，他们听到外面传来脚步声和说话声。彼得和弗里德曼先生回来了。

　　菲利克斯向他们招了招手。他突然发现，彼得正在窃笑。

　　"我们想，也许有人肚子饿了。"说着，彼得高高地举起了右手，他手里居然抓着一条鳟鱼！

　　菲利克斯惊呆了。彼得居然带着一位85岁高龄的老先生偷偷去抓鱼？！

　　直到此刻，菲利克斯才看到弗里德曼先生的外套上沾满了泥土和苔藓，袖子上还滴着水。

　　"天哪，弗里德曼先生，您快到火炉旁暖和暖和。"

弗里德曼先生打了个寒战，走向火炉："可惜我上了年纪，有点儿不太中用……布鲁姆先生，我听说您是一名记者，这是真的吗？"

"是的，我曾在《大众报》工作。"

"为什么您说曾经在那里工作？您被解雇了吗？"

"是的。从今年夏天开始，《大众报》就不复存在了。"菲利克斯的爸爸大概讲述了《大众报》被卖给《汇报》的经过。

"老板真是愚蠢！怎么能让报社亏损呢？"

"您认为他应该怎么做？提高报纸的价格吗？"

"不。我认为可以减少广告宣传费，在市场营销方面节约成本。"

"市场营销？"菲利克斯问道，"这是什么意思？"

"我认为，市场营销是一种了解客户的需求并且设法满足他们需求的艺术。"

"听起来您懂的很多。"彼得说道。

"还远远不够。不过，要想做好生意，就必须掌握各个领域的知识。企业经营者如果不能居安思危，很快就会产生惰性，最后把一切都输掉。"

"我觉得这不公平，"菲利克斯愤愤不平地说道，"老板经营不善，员工却失了业。"

"说得没错，对你父亲来说，这确实不公平。那么，布鲁姆先生，您找到新工作了吗？"弗里德曼先生转向菲利克斯的爸爸。

"也许快了，我打算去柏林。"

菲利克斯没有再说话，而是向火炉里扔了一块木头。这时，彼得用一张锡纸包好了鳟鱼，把鱼放到了火炉的盖子上。

2

夜幕降临，窗外一片漆黑。突然，他们听到了汽车发动机的声音和开车门的声音。

菲利克斯把门打开一条缝向外面看去："来了好多人！"他转头冲彼得他们喊道。

菲利克斯连忙把门打开，大家——施密茨先生、菲利克斯的妈妈、吉安娜、凯伊、菲伯尔先生、米勒女士和莎拉——都走了进来。菲利克斯惊讶得说不出话来。

"我们有一个消息要告诉你们。"菲伯尔先生说道。

"是的，我们觉得，这个消息最好还是亲自告诉你们。"米勒女士附和道。

菲伯尔先生从口袋里掏出一张纸，靠近火炉，开口说道："约翰·瑞被捕后，我想起不久前看到的一则消息。由于瑞引起了民愤，所以投资者保护协会曾公开悬赏寻找此人，声称对提供线索的人给予重奖。我给这个协会打了电话，他们寄来了这封信。"

尊敬的菲伯尔先生：

非常感谢您提供的约翰·瑞已落网的消息，我们也已从报纸上获悉。本协会确实曾经悬赏寻找此人，承诺对提供线索者给予重奖。我们已和法兰克福警察局取得了联系，他们认为，此次成功逮捕瑞，您信中提到的来自施恩施泰德的几个孩子功不可没。因此，我们将向这些孩子转账 20000 元作为奖励，请您为我们提供一个银行账号。如果您能告知我们抓捕瑞的经过，我们将感激不尽。

致以最诚挚的问候。

一时间，谁也没有说话。良久，菲利克斯喃喃道："我们的钱又回来了。"

彼得和吉安娜突然高声欢呼起来。

爸爸把手放在菲利克斯的肩膀上，真诚地夸赞道："儿子，我为你感到骄傲。你们干得漂亮，我应该向你们学习。"

菲利克斯感动得有些哽咽，好半天才说出一句："其实，这笔钱是弗里德曼先生的……"

弗里德曼先生插话道："我已经不需要这笔钱了。对了，我突然想到一件事：施恩施泰德有专门刊登广告的报纸吗？"

"那是什么？"菲利克斯问道。

菲利克斯的爸爸解释道："是一种免费的报纸，一般为周报。这种报纸不通过用户订阅来赚钱，而是通过刊登广告赚取广告费。它有点儿像传单，只要放进各家各户的信箱里就行。但是在施恩施泰德，还从来没有人尝试办过这样的报纸，因为《大众报》的影响力太大了。"

《大众报》已经停刊了，我觉得施恩施泰德需要一份这样的广告报。"弗里德曼先生笃定地说道。

"您说得对，这肯定是件好事，"菲利克斯的爸爸说道，"可谁会冒着风险来办报纸呢？"

"远在天边，近在眼前。"弗里德曼先生冲菲利克斯的爸爸眨了眨眼。

"什么？我？"

"您是记者，又熟悉施恩施泰德，您来办广告报再合适不过了。"

"可是我没有钱。"

"您没有，但是我有。您可以作为主编，再招聘一些得力的助手。"弗里德曼先生说道。

菲利克斯的爸爸突然紧张起来。

"您刚才是给我提供了一份工作吗？"

"您不愿意吗？"

"可我们还面临许多问题，比如在哪里印刷……"

"听着，年轻人，如果你得到了一个工作机会，应该紧紧抓住它，而不是先说遇到的问题。"弗里德曼先生仿佛在下达命令。

"快答应吧，爸爸！"菲利克斯激动地喊道，"这样我们就可以留在施恩施泰德了，还可以把我们的钱投入您的公司。"

菲利克斯的爸爸有些拘谨地站起来，像回答问题的小学生一样。

"我不知道我能不能胜任，我还从来没有当过主编。"

"菲利克斯，你爸爸同意了！"弗里德曼先生大笑道。

"看来，这是一个圆满的结局，"米勒女士微笑着说道，"如果你们的报社上市，一定要及时告诉我。这样有前途的公司我是很愿意投资的。"

"如果我们买了广告报的股票，从某种意义上说，菲利克斯就变成他爸爸的老板了。"彼得也笑着说。

说完，彼得把烤好的鳟鱼从锡纸里拿了出来，用小刀切开，给每个人都分了一小块。烤鳟鱼的味道不算特别好，没放盐，还有一些沙子，但每个人都吃得很开心。

火炉里的火渐渐熄灭了，大家一起离开了砖厂。外面下起了雪，雪花飘落在他们的衣服上。

菲利克斯坐上车，和父母一起送弗里德曼先生回椴树饭店。

"我仍然不敢相信。"爸爸感慨道。

"过段时间你就适应了。"弗里德曼先生笑道。

"既然你重新找到了一份稳定的工作，我们是不是该考虑换辆新车了？"菲利克斯的妈妈提议道。

"现在吗？我们应该先等等，不能现在就考虑如何去花还没到手的钱。"

"你难道想让这辆车在半路上罢工吗？我们不能总是……"

她突然停住，看了看反光镜中的丈夫，发现丈夫也在看着自己。

两人相视一笑。

菲利克斯长舒了一口气。看来，这确实是一个圆满的结局。

小矮人公司收支表　12 月 4 日

支出		收入	
法兰克福之旅	102.00	奖金	20000.00
鸡折旧	22.00	鸡蛋	16.00
钻石折旧	499.00		
利润	**19393.00**		
	20016.00		20016.00

小矮人公司资产负债表　12 月 4 日

资产		负债 + 所有者权益	
广告报投资	20000.00	所有者权益	2000.90
库存现金	701.20	利润	19393.00
鸡	88.00		
钻石	499.00		
账户	105.70		
	21393.90		21393.90